長編小説

色欲の家

義姉と父と僕

霧原一輝

JN038792

竹書房文庫

目次

※この作品は竹書房文庫のために
書き下ろされたものです。

第一章　兄嫁の夜の顔

1

堂園靖彦《どうぞのやすひこ》は家族四人で夕餉《ゆうげ》の食卓を囲みながら、兄嫁である沙弥《さや》への熱い気持ちをどう扱っていいのか、わからないのだった。

「靖彦くん、お代わりは？」

沙弥がにっこりと笑って、空になった茶碗と靖彦を交互に見た。

かるくウエーブする黒髪が肩に散っている。

兄嫁はいつも穏やかな笑みを絶やさない。三年前に、兄の真一郎《しんいちろう》の結婚相手として紹介されたときも、きれいで品のいい人だと感じた。

こんな人を嫁にもらった真一郎を羨《うらや》ましいとさえ感じた。

「ああ、はい……お願いします」

靖彦が茶碗を差し出すと、沙弥がそれを受け取り、立ちあがって、テーブルに載っている炊飯器の蓋を開けて、まだ湯気の立っている白米をよそってくれる。

白いノースリーブのサマーニットを着ていて、柔らかそうな二の腕は長く、すっきりしている。それ以上に目を惹《ひ》かれるのが、胸だ。タイトフィットなニットのせいで、服を着ていても絶対に豊かだとわかる胸のふくらみが強調されて、ついついそこに視線が吸い寄せられてしまい、

（ダメだ。相手は兄さんのお嫁さんなんだから）

と、自分を戒《いまし》める。

大盛りの茶碗を受け取って、むしゃむしゃ食べはじめると、

「さすがに大学生は食欲が違うな。羨ましいよ。俺も昔はそのくらい食べられたんだが……」

真一郎が苦笑した。

兄は三十二歳で、いわゆる一流企業に就職している。

沙弥とは職場結婚で、三歳年下で当時、職場の花と謳《うた》われた沙弥を口説《くど》き落としたらしい。

靖彦はまだ二十歳《はたち》。兄とは随分と歳が離れているが、二人の間に長女の智子《ともこ》がいて、姉はすでに結婚して関西にいる。

三カ月前に、堂園家に兄夫婦が入ってきた。

母が二年前に癌《がん》で他界し、それ以来、女手がなくなり、父と次男の二人暮らしを見かねたのか、兄夫婦は住んでいたマンションを引き払って、一緒に住んでくれているのだ。

それ以来、靖彦の気持ちは落ち着かない。

「真一郎はまだまだそんな歳じゃないだろ？　沙弥さんの手料理はほんとうに美味《おい》しいんだから、感謝してもっと食べろよ」

父が口を挟んできた。

父の達生《たつお》は六十五歳で、かつては一部上々企業で部長をしていた。すでに定年退職していたが、今はまた働く気持ちになったらしく、再就職先をさがしている。

父は母が亡くなってしばらくは茫然自失して、生きていくのも面倒くさそうだった。だが、沙弥が家に入って、家事をし、自分の面倒を見てもらえるようになって、だいぶ元気になった気がする。

「わかってるよ。沙弥、お代わりだ！」

真一郎が茶碗を差し出した。

沙弥がにっこりして、ご飯をよそう。

そういうのを見ると、沙弥が来てから、この家は変わった、この家は沙弥で持っているんだと、つくづく思う。

真一郎が茶碗を受け取って、

「おい、量が多すぎるよ」

茶碗を返した。

(兄さん……!)

その横暴としか取れない態度に、腹が立った。

いくら夫婦だとしても、もう少しやさしく接することができないものか？　兄はずっとエリートコースを歩んできたので、どうしても他人に横柄な態度を取る。それは、妻の沙弥に対しても変わらない。

靖彦は十二歳下で、大学も兄が一流大学だったのに対して、自分は偏差値も実績もかなり落ちる私立大学に通っているせいもあって、真一郎にコンプレックスを抱いていた。

父の達生も長男の横柄な態度には腹に据えかねるものがあるのか、むっとしている。

温厚な父には珍しいことだ。

「私が食べるよ。少しくれ」

父が言って、真一郎のご飯を自分で茶碗に少し移した。

「これくらいなら、食べられるだろう」

少なくなったご飯茶碗を、兄に差しだす。

兄は仕方なく受け取って、ホイコーローとともに白米を口にする。

しばらく静かになって、靖彦はご飯を食べながら、斜め前の兄嫁の姿をちらちら見る。

箸《はし》づかいひとつとっても、品があって、不作法なところがひとつもない。

それとなく食卓を観察していて、誰かの中華スープがなくなったときには、「まだ、スープありますよ」と勧める。

その気づかいは半端ではない。

靖彦が時々着るワイシャツもきちんとアイロンをかけてくれる。

兄との結婚式で見たウエディングドレス姿を心からきれいだと思った。しばらく、兄とマンションに住んでいたので、あまり接することはなかったのだが、ひとつ屋根の下で暮らすようになって、たんにきれいな人というだけでなく、女性としても意識するようになった。

靖彦は初恋もしたし、片思いもあった。だが、女性ときちんとつきあったことがなかった。女性の手を握ったことも、キスをしたこともない。

つまり、童貞だった。

成人式を終えても、まだ女性を知らない。そのことが恥ずかしく、同時に苛立《いらだ》ちや焦りも感じていた。

大学に入学したときは大いに期待した。しかし、大学の女子はその多くが大人びていて、社交的で遊びができるカッコいい先輩たちに群がり、靖彦のようなオクテの男には洟《はな》も引っかけてくれない。

だから、とくに女性に関しては悶々とした日々を送っていた。

そんなところに、美しく、お淑《しと》やかでしっかり者の、とても女らしい優美な女性がやってきたのだ。

こんな大人の女性を目にしたのは、ほぼ初めてだった。

兄の嫁なのだから、好きになってはいけない――。

そう自制しようとするのだが、世の中でいちばん自由にならないのは、じつは自分の心だということがわかった。

これは絶対に他人には言えないことだが、最近は、沙弥をオカズにしてオナニーしていた。

「ああ、みんなにも言っとくけど、明日から二泊三日で博多へ出張するから。三日間、家を空けるけど、よろしく頼むわ」

真一郎が言って、

「わかった。気をつけて行ってこいよ」

達生がそう応じて、

「ああ、わかってるよ……父さんも早く再就職先が見つかると、いいな」

「まあな……」

親子の会話がつづいた。

「……ご馳走さん。出張の用意があるから、お先に……」

真一郎は席を立って、ぽんと靖彦の肩を叩いた。

「留守中に何かあったときは、頼むな。靖彦がいちばん強そうだからさ」

笑って言い、二階へとつづく階段をあがっていった。

2

その夜遅く、靖彦が眠れずに、飲み物を求めて階段を降りていくと、ちょうど沙弥が階段を昇ろうとしていたところだった。

その姿に驚いた。

白いスケ感のあるネグリジェを着ていたのだ。しかも、白い布地は胸のふくらみの中心がツンと頭を擡《もた》げている。

目が合ったとき、沙弥は目を伏せた。

靖彦が階段を降りきって、すれ違うところで、

「おやすみなさい」

沙弥は胸のふくらみをそれとなく肘で隠し、はにかむように言って、階段をあがっていく。

普段と雰囲気が違っていた。

いつもはパジャマなのに、やけにエロいナイティを着ていたし、目が合ったとき、どことなく恥ずかしそうな顔をしていた。

（ひょっとして……？）

明日から三日間、真一郎は出張で家を留守にする。

だから、今夜、兄は沙弥を抱くつもりで、沙弥もそれがわかっていたからあんな色っぽい格好をしていたのではないか……？

心臓がドクドクッと強い鼓動を打ちはじめた。

靖彦はキッチンの冷蔵庫から、ミネラルウオーターの小さいボトルを一本取り出し、それを持って階段をあがる。

堂園家の二階の東南向きの角部屋が兄夫婦の寝室になっていて、その反対側の角部屋が靖彦の部屋になっている。ちなみに、父の部屋は一階の和室だ。

靖彦はベッドに腰かけて、冷えた水をぐびっと飲んだ。

いったんベッドに寝転んだ。だが、どうしても、兄夫婦の部屋が気になる。

（近くに行けば、あの声が聞こえるんじゃないか？　いや、ダメだ。しかし……）

迷った末に、靖彦は立ちあがった。

部屋を出て、足音を立てないように廊下を歩き、兄夫婦の部屋の前で立ち止まる。

よく聞こえない。耳をドアの近くまでもっていき、耳を澄ますと、

『あああ……あうぅ……いやっ……』

女の喘ぎ声のようなものが聞こえてきた。

(ああ、やはり……！)

一瞬にして、分身がハーフパンツを押しあげてきた。

さらに耳を寄せると、

『ぁあぁうぅ……ああ、真一郎さん……そこは、いやっ……』

『沙弥のここはよく濡れるな。もう、びしょびしょだ……』

『ああ、言わないで……あううぅぅ』

夫婦の閨《ねや》の会話が聞こえて、ついつい想像してしまう。

(兄が、沙弥さんのあそこを……！)

ハーフパンツが持ちあがり、思わずそこを押さえた。

だが、そこで会話が途絶えた。

(何をしているんだろう？)

靖彦は童貞であるがゆえに、いっそう興味が湧きあがってくる。

(見たい、実際に見たい……！　そうだ！)

そっとその場を離れて、いったん自室に戻った。掃きだし式のサッシを開けて、ベランダに出る。物干し用にも使っているベランダは、夫婦の寝室まで繋《つな》がっている。

足音を消して、ベランダを歩いた。

今日は熱帯夜で、この時間でも空気が生温かく、べっとりとした暖気が肌に張りついてくる。

兄夫婦の寝室からは、わずかな明かりが洩《も》れている。

たぶん、カーテンが少し開いているのだろう。

（よし、これなら……）

忍び寄ると、サッシの向こうのカーテンが三十センチほども開いていた。家の正面には民家がなく、庭の生い茂ったケヤキにちょうど隠れるから、油断しているのだろう。

気づかれないようにそっとなかを覗くと——。

斜め前の壁に沿って置かれたベッドの上に、真一郎が頭をこちら向きにして仰向《あおむ》けになり、その下半身に沙弥が顔を埋めていた。

あまりの衝撃に、一瞬、ぽかんとしてしまった。

セックスの経験のない靖彦にも、沙弥が兄のものをフェラチオしているのだということはわかった。

沙弥がそそりたつものを頬張っている姿がまともに見える。

まだ白いネグリジェを着ていた。ハート形のヒップが持ちあがり、ネグリジェの胸元がひろがって、そこから真っ白な乳房が二つのぞいてしまっている。

真下に垂れ落ちた黒髪の間で、ふっくらとして赤い唇がめくれあがるようにしてすべり、肉柱が見え隠れしている。唾液で濡れた肉柱はぬらぬらと光り、血管が浮きあがっていた。

「おい、裏のほうも舐《な》めろよ」

兄の声がサッシを通して、かすかに聞こえた。

すると、沙弥は吐き出した肉柱を腹に押しつけるようにして、裏のほうを舐めはじめた。

(あのお淑やかな沙弥さんがベッドではこんなことを……!)

もう二十歳なのだから、夫婦が夜に何をするかはわかっているし、セックスもアダルトビデオで数えきれないほどに見てきている。

しかし――実際に目にした兄嫁のフェラチオは衝撃だった。

硬くなっていたイチモツがまた頭を擡げてきた。

我慢できなかった。

ハーフパンツをおろし、ぐっと腰をかがめて、いきりたつものを握った。それは自分でもびっくりするくらいに硬くなっていて、かるくしごくだけで、足踏みしたくなるような快感が込みあげてくる。

（ああ、義姉《ねえ》さん……ぁああ、気持ちいい！）

3

（えっ……！）

真一郎のものを舐めあげていった沙弥は、カーテンの隙間からこちらを覗いている人影を見たような気がして、ハッとして動きを止めた。

目の錯覚だろうか？

それを確かめたくて、這いつくばったまま上目づかいにそちらを見る。

やはり、誰かがいる。目を凝らした。

（……靖彦くん？）

間違いない。部屋のシーリングの明かりにぼんやりと浮かびあがっているのは、義弟の靖彦だった。しかも、勃起させたあれを握ってしごいている。

沙弥に目撃されていることには気づいていないようだ。

（ああ、どうしよう……！）

真一郎に「あなたの弟が覗いている」と言いつける？　だが、それをしたら、靖彦はひどく怒られて、傷つく。靖彦はとてもいい子だ。そんな子を傷つけたくない。

（でも、このままでは……。そうだ、さり気なくカーテンを閉めれば……）

そう考えたとき、

「おい？　何をさぼっているんだ？　ちゃんとやれよ」

真一郎が怪訝《けげん》な顔をして、にらみつけてきた。

弟が覗いていることを告げるなら、今しかない。だが、できなかった。やさしい靖彦を傷つけてしまうようなことは、とてもできない。

「しょうがないな」

事情のわかっていない真一郎が立ちあがった。

「おら、咥《くわ》えろよ」

上体を立てた沙弥の顔をつかんで、強引に咥えさせてくる。

夫にはこういう傲慢《ごうまん》で我《わ》が儘《まま》なところがある。結婚する前はやさしかった。ほとんど声を荒らげることもなく、むしろ温厚な人柄だと思っていた。

しかし、結婚してしばらくすると、真一郎は変わった。

それを見抜けなかった自分が甘かったのだ。それに、義父も義弟もいい人なので、この家族のためならと思って、我慢してきた。

しかし、そのいい子のはずの義弟がまさかの覗きをしていることがショックだった。それに気づいていない真一郎は後頭部をつかみ、引き寄せながら、自分で腰を振った。

硬くて、太いものが口に突っ込まれて、行き来する。

(苦しい……)

しかし、苦しみをこらえることによって、相手が悦《よろこ》んでくれているのだと思うと、それがたんなる苦痛ではなくなって、とても愛《いと》しいものに思えてきてしまう。

「うぐっ、うぐっ……」

喉の奥まで突かれて、えずきそうになり、涙目になってしまう。

苦しい以上に、恥ずかしかった。

いくら相手が夫だとはいえ、唇がめくれあがるほどに男性器を咥えさせられて、それを受け入れている自分の姿を義弟に見られるのが……。

イラマチオを受けながら、おずおずと目だけでカーテンの隙間を追った。

と、靖彦が目をギラつかせてこちらを覗きながら、一生懸命に勃起を擦っている姿が目に飛び込んできた。

（ああ、靖彦くん、あんなに……！）

何か得体のしれないものが胸に込みあげてきた。

真一郎が容赦なく硬いものを口に押し込んでくる。

夫はいったんこうなると、自分でも抑制できなくなる。いつものことだ。

「ぐふっ、ぐふっ……」

沙弥が噎《む》せても、いさいかまわず突いてくる。

口腔に太く硬い肉の棒が打ち込まれ、ジュブッ、ジュブッと音がして、それを靖彦に見られていることが、死にそうに恥ずかしい。

ペニスの先が容赦なく、喉を突いてきて、吐きそうになる。こういうときは、顔の角度を変えればいい。切っ先が喉の上のほうに触れるようにすると、少し楽になった。

それでも、真一郎は心のストッパーが外れたように激しく突いてくる。

（ああ、苦しい……もう、許して……！）

真一郎を見あげた。その気持ちが通じたのか、

「沙弥にしては頑張ったじゃないか。いいだろう。あとは沙弥に任せるよ。いい加減なことはするなよ」

そう言って、頭から手を離した。

苦しさから解放されて、沙弥はちらりと窓のほうを向いた。まだやっている。

靖彦は勃起したものを右手で握りしめて、必死にしごいている。

（ぁあぁ、靖彦くん……）

複雑な思いを抱きながらも、夫のものに唇をかぶせていく。

今度は根元を握って、ゆったりとしごく。そうしながら、顔を振る。

張りつめたエラが口の内側に引っかかって、沙弥もそれが気持ち良くなってきた。

ごく自然に、指と唇のリズムが重なっている。

指でしごきあげたときは、深く咥える。おろしたときは、顔を引きあげる。

そうすると、勃起が伸びたり縮んだりして、それが気持ちいいのか、それはますます硬く長くなって、カリも張ってくる。

いつの間にか、それを追い込むことに夢中になっていた。

義弟に見られているという意識は頭の片隅にある。不思議なことにそれが邪魔をすることはなく、むしろ、見られている分、一生懸命になってしまっている。

きっと、ステージで観客に見られている女優はこんな気持ちなのだろう。

「ジュブッ、ジュブッ……」

いやらしい唾音《つばおと》がしている。

知らずしらずのうちに、しごく速度があがっていた。

顔を振りながら唇をすべらせ、同時に、根元を擦りあげる。

「くっ……あっ……気持ちいいぞ。それだよ、それ……おおぅ、くっ」

真一郎は気持ち良さそうに顔をのけぞらせ、呻《うめ》いている。

沙弥はいったん吐き出して、亀頭冠の真裏を舐める。ちろちろと舌を走らせながら見あげる。

「おっ、そこだよ、そこ……そうだ。舐めながら、しごいてくれ」

言われたようにすると、ますます高まってきたのか、真一郎はがくがくと震えはじめた。

沙弥は袋のほうまで舐めおろし、裏筋に沿って、舐めあげる。

「ああ、気持ちいいよ……キンタマを……」

夫はセックスの際にもいろいろと要求してくる。

それは悪いことではないし、こうしてくれと言われたほうが、やりやすい。

相手が悦んでくれることが、自分の悦びにも繋がる。

ふたたび肉棹《にくざお》を頬張り、なかで舌をからませながら、右手で睾丸を撫でまわした。

下から持ちあげるようにして、睾丸をさすり、お手玉でもするように撥《は》ねると、

「おおっ、それだよ……ぁああ、たまらない」

真一郎は気持ち良さそうに顎をせりあげた。

もっと感じさせたくなって、深く頬張った。陰毛に唇が接するまで奥まで咥え、男の急所を手であやす。

あやしながら、大きく唇をすべらせる。

ぴっちりと窄《すぼ》めた唇で表面をしごきながら、時々、舌をからみつかせる。大きく往復させると、

「くうぅ……おお、出そうだ」

真一郎は腰を引いて肉棹を抜き取り、沙弥のナイティに手をかけた。

頭から抜き取られ、一糸まとわぬ姿をさらすことになり、それが恥ずかしくて、思わず手で乳房を隠した。

ちらりと窓のほう見ると、靖彦も目を見開いて、沙弥の裸身を食い入るように見つめている。

頬から火が出るようだった。

(ああ、いつまで見ているの？　そんなに見たいの？)

身体の奥底で、また何かがぞろりとうごめいた。

まさか、弟に覗かれているとはつゆとも思っていないだろう真一郎が、ベッドに仰向けに寝転んだ。そして、沙弥に上になるように言う。

沙弥は迷った。

真一郎がベッドの窓側に頭を持っていっているので、上になったら、まともに靖彦と向かい合ってしまう。

しかし、だからと言って、後ろ向きにまたがれば、お尻を見られることになり、そのほうが恥ずかしい。

沙弥は目を伏せて、なるべく顔を合わせないようにして、夫をまたいだ。

下を向いているので、いきりたつものがよく見える。いつにない角度でそそりたっているものを導いて、押し当てた。

自分が思っていた以上に濡れている個所に擦りつけると、ぬるっ、ぬるっとすべって、それだけで峻烈な快感が走り抜けた。

「ああ、恥ずかしい……！）

自分から挿入するのを見られることに、強い羞恥を感じた。

靖彦の状態を確かめたくなった。だが今見たら、視線が合ってしまうかもしれない。

それは避けたい。

いきりたつものを導きながら、慎重に沈み込んでいく。

硬いものが体内を押し広げる感触があって、思い切って腰を落とすと、それが深いところへと押し入ってきた。

「ぁあああ……！」

体内に大きなクサビを打ち込まれるような衝撃に、身体がおののいた。

無意識にのけぞっていた。

すると、腰が少し後ろに突きだされ、怒張が膣《ちつ》を擦ってきて、

「あっ……」

また声を洩らしていた。

(ああ、見られている。この姿を見られている！)

内臓が縮みあがるような羞恥が身体を灼《や》く。

だが、気づいたときは、腰を前に突きだしていた。

つづけざまに、腰を前、後ろに振ると、勃起が膣を擦りながら、動いて、

「あっ……あっ……」

せりあがる悦びに、声が洩れてしまう。

（恥ずかしい。こんなの恥ずかしすぎる！）

だが、止まらなかった。止めようがなかった。

まるで、義弟に見せつけでもするように大きく膝を開き、ぐいぐいと腰を振ってい
た。

「くっ……おっ……おいおい、今夜はやけに激しいな。何かあったか？」

真一郎が下から見あげてくる。その表情は歓喜に満ちている。

「何もないわ……何も……ぁあああ、ぁああうぅ……腰が勝手に動くの」

腰から下を激しく前後に打ち振ると、

「おっ、くっ……激しいな……くっ……」

真一郎がうれしそうに、快感をこらえているのがわかる。

「おい、今度は後ろに手をつけよ。膝を立てるから」

夫に言われて、後ろ手に真一郎の太腿《ふともも》に手を置いて、バランスを取った。

いくらなんでも恥ずかしすぎた。

今、自分は靖彦に向かって、大きく足をひろげている。きっと、夫のものが体内に
埋まっているのが、丸見えだろう。

こんな兄嫁を、靖彦はどう感じるのだろう？

見てはダメだ。しかし、我慢できなかった。

おずおずと前を見ると、靖彦がさっと隠れるのが見えた。やはり、見つかるとまずいと思って、身を隠したのだろう。

だが、しばらくすると、顔だけをそっと突きだしてきた。

沙弥は見ていないフリをして、顔をそむけ、大きく腰を前後に振った。

後ろに体重をかけ、腰を突きだして、後ろに引く。すると、膣が硬い肉の棹で擦れ、時々、先端が奥を突いてきて、ぐんと快感が撥ねあがってしまう。

「あっ……あっ……ぁあああぁぁ、いいの……」

思わず声をあげていた。この声は、靖彦には届いているのだろうか？

二重になった遮音効果の高い、防寒用のサッシだから、こちらの声はまともには洩れないだろう。しかし、少しは聞こえているかもしれない。

だとしたら、ますます恥ずかしい。

「いやらしいな、沙弥。今日はとくに……」

真一郎が苦笑して、下から突きあげてきた。

こらえようとした。だが、ズンッと打ち込まれると、

「ああん……！」

押し出されるように喘ぎ声があふれてしまう。

真一郎は見あげながら、つづけざまに腰を振りあげてくる。その強い衝撃で、

「あん、あん、あんっ……くうぅぅ」

声を洩らしてしまい、靖彦に聞かれると思い、必死にこらえた。それでも、ぐいっと突きあげられると、切っ先が奥のほうまで届き、

「ぁあん……！」

恥ずかしい声がこぼれてしまう。

今、靖彦には自分はどう映っているのだろう？　足を大きく開き、のけぞりながらも突きあげられて、乳房を揺らす兄嫁をどう感じているのだろう？

「今度は手を俺の胸に突いて……そう、そうだ。そのまま、尻をあげて落とせよ」

「いや……」

「どうして？　いつもやってるだろうが？　いいから、やれよ」

真一郎が見あげて、せかしてくる。

逆らえなかった。きっと、それはこれまで自分が夫にはっきりとノーと言ったことがないからだろう。

いつもこうやって、押し切られてしまう。

そのことに苛立ちを感じながらも、沙弥は両膝を立てて開き、ゆっくりと腰を持ちあげた。すると、勃起を自分の粘膜が擦りあげていき、それが気持ちいい。

「あああ……」

ぎりぎりまで引きあげて、今度は腰を落とす。

ゆっくりと沈ませていくと、肉柱が体内をこじ開けてきて、

「あああ……」

と、声が洩れた。

そこからまた外れそうなところまで引きあげ、今度は速く、強く腰を落とした。

パチンと尻と下腹部がぶつかって、

「あんっ……！」

その衝撃に声が洩れてしまう。

それを繰り返した。

自分がしている格好を思うと、もう恥ずかしくて、居たたまれなくて、靖彦のほうを見られない。

目をぎゅっと瞑《つむ》って、腰を上げ下げする。

「あんっ……あんっ……あんっ……」

切っ先で子宮口を突かれると、声が洩れてしまう。

いつの間にか、無我夢中で激しく、お尻を下腹部に叩きつけていた。

(ああ、恥ずかしい。でも、でも気持ちいい……)

湧きあがってきた快感をさらに育てようとして、腰を振りあげ、振りおろした。

目を開けると、カーテンの隙間から靖彦が顔ばかりか、下半身ものぞかせ、こちらを見ながら、必死に勃起をしごいているのが見えた。

理性が飛んでしまっているのか、もう見つかってもいいという様子でこちらにギラついた目を向けながらも、必死にペニスをしごいている。

きっともう射精する寸前なのだろう。ガラスを指でつかむようにして、もう一方の指で勃起を激しくしごいている。端整な顔が快楽にゆがんで、苦しそうな表情で口を開けている。

(ああ、出そうなんだわ……)

その瞬間、沙弥のなかで何かが変わった。

(靖彦くん、いいのよ、出しても……いいのよ。ぁああ、出して!)

自分でも訳のわからないまま、腰を振りあげ、振り落とした。

「あんっ……あんっ……あんっ……ぁああ、いいの!」

そう言って、窓のほうを見たとき、靖彦と目が合ったような気がした。

靖彦も見られていることに気づいたのだろうか？

そのとき、真一郎が突きあげてきた。

「すごいな、沙弥。いつも、こうだといいんだけどな……おらっ！」

連続して打ち込まれて、

「ぁあああああ……！」

沙弥はエクスタシーに達しそうになって、戸惑った。義弟が見ている前で気を遣《や》ることがあまりにも恥ずかしかった。

だが、それも一瞬で、つづけざまに腰を撥ねあげられると、快楽の風船が急激にふくれあがり、爆《は》ぜそうになった。苦しい。だが、気持ちいい。

「ああ、もう、もうダメっ……イキそう。イキそう……！」

沙弥は蹲踞《そんきょ》の姿勢になって、突きあげを受け止める。

目が霞《かす》んできた。ぼうとした視界のなかで、靖彦は今にも泣きそうな形相でこちらを見ながら、勃起を速く、強くしごいている。

（ああ、出していいのよ。靖彦くん、出して……わたしも、わたしも……！）

心のうちで語りかけたとき、靖彦が「うっ」と呻いて、顔を突きあげた。

きっと射精しているのだろう。両手を下腹部におろして、がくん、がくんと揺れている。

沙弥も昇りつめようとしていた。

だが、真一郎はそれを許さず、

「よし、今度は這えよ。後ろからするから」

下から抜けでて、沙弥をベッドに這わせた。

「いつ見ても、いやらしいケツをしてるな。好き者のケツだよな。こういうケツをしている女は好き者なんだよ」

傲慢に言って、愛蜜で濡れているものを打ち込んできた。

「ぁあああうぅ……！」

強い衝撃が体内を走り抜けていき、沙弥はのけぞりながら、シーツをつかんだ。

なぜか、バックからされるのが好きだった。

四つん這いになると、何か被虐的なものが背筋を走り、まるで犯されているような気になる。

女の友人は、男の顔を見てイキたいと言っていた。しかし、沙弥はそうではなかった。バックからだと男の顔は見えない。その何者かわからない相手に強烈に後ろから貫かれると、気が遠くなるような快感に襲われて、昇りつめてしまう。

「あん、あんっ、あんっ……」

強く打ち込まれて、被虐的な快感とともに肉体的な絶頂が近づいてくる。

きっと、靖彦はもういないだろう。さっき射精したのだから、部屋に戻ったに違いない。

そう思いながらも、窓のほうを確かめると……。

いた——！

靖彦は兄に見つかるとまずいと思ったのだろう。姿勢を低くして、顔だけを出して、見つからないようにしてこちらを覗いているのだ。

(ああ、まだいるんだわ……そんなに見たいの？)

その間も、真一郎は腰をつかみ寄せ、強く腰を叩きつけてくる。

逞《たくま》しいペニスが深々と突き刺さってくる。子宮口をえぐってくる。

その衝撃が内臓を通りすぎて、頭の先まで響いてくる。

「あんっ、あんっ、あんっ……ぁあ、ダメっ……あなた、イクわ。イッちゃう……！」

沙弥はシーツを鷲《わし》づかみにした。

視線の向こうの低いところで、靖彦の目が二つギラギラと光っている。

「おおぅ、俺も出そうだ……」

真一郎が沙弥の片方の手をつかんで、後ろに引き寄せた。こうすると、打ち込みの衝撃が逃げないから、沙弥もいっそう高まる。

「そうら、イケよ。俺も、出すぞ……」

「ぁああ、ちょうだい……あん、あん、あんっ……イク、イク、イッちゃう！　あなた、イク……！」

「イケよ。そうら、出すぞ……おおぅ！」

吼《ほ》えながら、真一郎は音が出るほど強く、深く、打ち据えてきた。

(ぁああ、靖彦くん、見ないで……恥ずかしい義姉さんを見ないで……。ぁあああ、イク、イク、わたし、イクぅ……！)

真一郎に止めとばかりに打ち込まれたとき、ふくれあがった風船がパチンと爆ぜた。

「……あっ……あっ……」

身体の表と裏が引っくり返るようなエクスタシーのなかで、身体が勝手に躍りあがっている。

真一郎が「うっ」と呻きながら、下腹部を突きだしてきた。

射精しているのだ。

熱い精液を受け止めながら、沙弥は長くつづく絶頂の波に呑み込まれていった。

しばらくその姿勢で震えていたが、真一郎がのしかかってきたので、前に倒れた。腹這いになって、夫の重みを受け止める。

真一郎は最近脂肪のついてきた腹を波打たせ、ぴったりと後ろに張りついて離れない。

顔を持ちあげると、カーテンの向こうにはすでに靖彦の姿はなく、ただ夜空を埋め尽くした満天の星だけが輝いていた。

第二章　忍び寄る青い欲望

1

翌朝、靖彦は家族と朝食のテーブルを囲んでいた。

兄は博多出張のために、早朝に家を出ていて、ここにいるのは、靖彦と義姉と父の三人だ。

堂園家は以前から、食事はなるべく家族一緒に摂《と》るようにしている。これは、父が決めたことらしい。

その父は午前中に、会社の面接があるらしくて、いつもと様子が違う。

父は定年退職する前は一流企業で部長をしていたから、仕事に関してはプライドが高く、それが原因でなかなか再就職先が決まらないのだ、と兄が言っていた。

「お義父《とう》さま、お代わりはどうなさいます？」

そんな父を見かねたのか、沙弥が声をかけた。

「もう、いいよ。悪いね。あまり食欲がなくてね」

「いいえ、大丈夫ですよ」

沙弥が微笑む。父の緊張をほぐそうとしているのだろう。

そんな遣り取りを見聞きしながら、靖彦もどこか緊張していた。

沙弥は白いブラウスを着て、膝丈のボックススカートを穿いていて、いつものようにお淑やかで、優美だ。

しかし、兄のものを咥えていたシーンや、激しく腰を振っていた姿が脳裏によみがえってきて、これまでのように沙弥のことを見られないのだった。

「靖彦くんは、今日は……？」

沙弥が予定を訊《き》いてくる。

「今日は大学の創立記念日だから、休みなんです。午前中はゆっくりして、午後から友だちに逢います」

「わかりました。夕食はどうします？」

「ええと、連絡します」

「わかったわ」

沙弥がにっこりする。

いつものように穏やかで、やさしい。

(ということは、昨夜、僕に覗かれていたことには気づいていないのだろうか？)

昨夜、覗きの最中に、沙弥が自分を見たような気がした。目が合ったような気がした。

だとしたら、沙弥にも戸惑いや羞恥などの気持ちがあっていいはずだ。なのに、いつもと変わらないのは、気づいていなかったということなのか？　あれは気のせいだったのだろうか？

(そうだよな。目が合ったような気がしただけなんだろう。だいたい、義弟に覗かれているとわかったら、普通はカーテンを閉めるだろうし)

見られているとわかっていて昇りつめるなんて、貞淑《ていしゅく》な沙弥がするわけがない。

昨夜、沙弥はすごく大胆でエッチだった。でも、あれは相手が夫だからだ。どんな女性だって夫とセックスしたら、あのくらい大胆に乱れるに違いないのだ。

そんなことを思いながら、靖彦は義姉が用意してくれた和食の朝食を口に運ぶ。

納豆をよくかき混ぜ、ご飯に載せ、その上に卵を割って入れ、かきまわす。

手が入っていないものでも、沙弥が出してくれたものは何でも美味しく感じてしまう。

食べ終えて、リビングで休んでいると、一階の自室で着替えを終えた父がやってきた。

その姿を見て、洗い物をしていた沙弥が近づいてきて、父のネクタイを直す。

「曲がってるか？」

「ええ、少し……」

微笑んで、父のネクタイを直し、スーツの着付けを甲斐甲斐しくととのえる沙弥を見ると、まるで二人は夫婦のようだ。

父もそんな沙弥をかわいがっている。

時々、沙弥を自分の妻のように扱い、兄にいやな顔をされている。

(奥さんにするなら、沙弥さんのような人がいいな……)

靖彦がぼんやりと眺めている間にも、沙弥は父を玄関まで送っていき、帰ってきた。

それから、食器洗いをつづける。

カウンター越しに、エプロンをつけた沙弥の上半身が見えた。ブルーの胸当てエプロンをつけて、シンクで食器をすごく丁寧に洗っている。

家には二人だけだ。声をかけたかった。しかし、何を話していいのかわからない。まさか、昨夜、僕が覗いていたことに気づいていましたか？　とは訊けない。兄嫁と親しくなるチャンスなのに、話しかけることもできない。

(ダメだな、僕……)

しばらくして、

「じゃあ、部屋に行くから」

そう言って、靖彦はソファから立ちあがり、リビングを出た。

二階の自室にあがって、ベッドに横になった。

スマホでお気に入りの音楽を聞いている間に、うとうとしてしまったようで、ハッとして起きると、もう二時間ほど経過していた。

午後からの外出にはまだ時間がある。

喉が渇いて、一階へ降りていった。

オープンキッチンに向かおうとしたとき、リビングのロングソファで、沙弥が横になっているのが見えた。

ペイズリー柄のソファに、背もたれとは反対の方を向いて横臥《おうが》して、動かない。

静かな寝息まで聞こえるから、きっと、ついついうたた寝してしまっているのだろう。

昨夜は、兄と夜遅くまでセックスしていたし、今は兄も父も家にはいないから、気がゆるんだに違いない。

靖彦はミネラルウォーターを静かに飲んで喉を潤し、キッチンから義姉の寝姿に見とれた。

よく見ると、白い半袖《そで》ブラウスに包まれた胸のふくらみが静かに上下動している。こちらを向いたその横顔には、後《おく》れ毛が頬にかかっている。目を閉じているせいか、とても無防備に感じる。ツンとした鼻先、ふっくらした唇……。

しかも――。

下半身に目を移すと、膝丈のスカートがずりあがって、生身の足が太腿までのぞいていた。

その無防備な寝姿が、靖彦を魅了する。

もっと近くに行って、よく見たかった。しかし、そんなことをしたら……。

（いや、さっきから、寝息まで聞こえているんだから、眠りは深い。わかりゃしないさ……）

そう自分に言い聞かせて、靖彦はキッチンを出て、リビングに向かう。

足音を立てないようにそっと近づいた。

大丈夫だ。眠っている。

(きれいだ……)

義姉の寝顔に見とれた。上下の長い睫毛《まつげ》がぴったりと合わさって、カールしているのがわかる。付け睫毛はしていないようだから、これは自分の睫毛なのだ。

厭味《いやみ》にならないほどに高く、ツンとした鼻先。形よく、口角がスッとした唇はわずかに開いていて、それが、かわいらしかった。

白いブラウスを押しあげた胸のふくらみは量感にあふれて、その丸みに触れてみたくなる。

昨夜、覗き見たときは、乳房が想像以上に大きくて、先がツンと上を向いていて、思わず見とれてしまった。上になったときは、腰をつかうたびにその大きな乳房がぶるん、ぶるんと揺れて、すごかった。

ガラス越しとはいえ、実際に裸を目の当《ま》たりにしているから、こうやって観察していても、実物が浮かんできてしまう。

そのたわわな胸が静かに上下動している。

そして、ボックススカートがまくれあがっていて、上になったほうの太腿がかなり際どいところまで見えてしまっている。

しかも、パンティストッキングを穿いていないから、ナマ足だ。

沙弥はもともと色が白くて、むちっとしたもち肌をしている。あらわになった太腿もほんとうにきめ細かくて、つるっとしている。

それに、もう少しで、下着まで見えそうだ。

靖彦はこくっと静かに生唾を呑み込んだ。

（下着を見たい。触ってみたい……）

沙弥が目を覚ましたら、怒られる。軽蔑される。しかし、昨夜は覗いているのがわかっていて、見せてくれたじゃないか？

いや、それは靖彦の勘違いなのかもしれない。そうだとしたら、完全に愛想を尽かされる。だが、我慢できなかった。

太腿にかかっているスカートをおずおずとつかんで、静かにめくりあげる。目を覚ましたら、何か言い訳をすればいい。

スカートの裾《すそ》がずりあがっていき、太腿の側面が上のほうまで見えた。すべすべで、むっちりと張りつめている。

（もう少しだ……！）

スカートをめくりあげたとき、「んんんっ」と沙弥が呻いた。

ハッとして手を離すと、沙弥はこれまでとは反対のほうを向いて、横臥した。

靖彦はこの場から立ち去ったほうがいいと思うのだが、体が凍りついてしまって、少しも動けなかった。

しばらくすると、また沙弥が寝息を立てはじめた。

しかも、上になっているほうの足を深く曲げているせいか、スカートがめくれて、もう少しで下着が見えそうだった。

その頃には股間のものがズボンを押しあげていて、その充実感が、やれ、やれとせかしてくる。

おずおずとスカートをつかみ、さっきより慎重にめくりあげた。

水色だった。光沢のあるパンティが尻を包み込んでいる。

しかも、V字になったパンティの端が尻たぶに食い込み、丸々とした尻肉が盛りあがっていた。

(ああ、すごい……!)

目が釘付けになった。

後ろから見ると、細くなったクロッチが狭間に食い込んで、変色した肉土手と数本の繊毛までもがはみだしている。

見ているだけで、気持ちが高まった。

触りたかった。だけど、触ったらいくら何でも、気づくだろう。

そっと顔を寄せて、匂いを嗅いだ。

強い匂いはない。それでも、近づけると、ほのかな甘酸っぱい香りが鼻孔に忍び込んできて、それをいっぱいに吸い込むと、イチモツがぐんと頭を擡げてきた。

さらに香りを吸い込んだとき、沙弥の腰がびくっとした。

（あっ……！）

あわてて顔を遠ざける。

息を詰めた。と、沙弥の腰がぐぐっと後ろに突きだされ、靖彦に向かってくる。

（えっ……？）

唖然としていると、今度は腰が前に逃げる。

それが数回繰り返されて、動かなくなった。

（今のは何だったんだ？）

きっと、眠っている間に吐息を感じて、それに無意識に反応してしまったのだろう。くすぐったかったのか？　それとも、感じたんだろうか？

我慢できなくなった。

気配をうかがいながら、陶器のような光沢を放つ太腿をそっと撫でた。すべすべで、ひとつも引っかかるところがない。

触っていても、気持ちいい。

すると、また太腿が震えはじめた。びくびくっと細かく震えながら、

「んっ……んっ……」

沙弥は何かをこらえているようなかすかな声を洩らし、片方の腕で顔を隠している。

(もしかして、起きているんだろうか？　わかっていて、やらせてくれているのか？

昨日だって、そうだ。あれは絶対に僕が覗いているのをわかっていた。ちゃんと目が合ったもの……そうだとしたら、今の義姉さんは……)

気持ちが高まった。

(義姉さん、じつは起きていて、やらせてくれているんだ。だったら……)

頭のなかがカッと灼けた。舞いあがった。

おずおずと、太腿の裏のほうを撫でてみた。膝からだんだん太くなっている円い円柱みたいな太腿を、膝から上へ上へと撫でる。

と、沙弥は「んっ……んっ……」とくぐもった声を洩らしながら、がくん、がくん

と揺れはじめた。

(ああ、感じている!)

体が熱くなって、何も考えられなくなった。

むっちりとした肉感的な太腿を撫であげて、お尻から今度は撫でおろす。それを繰り返していると、沙弥の腰がぐいと後ろに突きだされ、もどかしそうに揺れた。

それから、今度は前に逃げていく。

「んっ……んっ……」

横になった義姉は手を口に当てて、必死に喘ぎ声をこらえている。

(感じているんだ。たぶん、起きている。目を覚ましているのに、やらせてくれているんだ。しかも、感じている! やっぱり、そうだ。昨夜だって……!)

股間のものはすごい勢いでズボンを突きあげていて、それが靖彦をそそのかしてくる。

たまらなくなった。きっと、頭がおかしくなっていたのだ。

上側の太腿に添えていた手を内側へとまわし込み、指先を腹のほうに向けて、クロッチに触れた。

水色のクロッチはいつの間にか、切れ目に深々と食い入っていて、そのほぼ中心に小さなシミのようなものが浮きでていた。

（ああ、これは……！）

縦に長い窪みに沿ってさすると、布地はすでに湿っていて、

「くっ……くっ……」

沙弥は洩れそうになる声を押し殺しながら、もう我慢できないとでもいうようにヒップを後ろに突きだしてきた。

（ああ、すごすぎる……！）

頭のなかが爆発したみたいで、何が何だかわからなくなっていた。

無我夢中で後ろからクロッチをさすった。すると、布地はますます湿ってきて、シミも大きくなり、指腹が柔らかなところにぐにゃりと沈み込んだ。

その頃には、ギンギンになったものから先走りが滲んで、まるで小便を洩らしたみたいに股間が濡れていた。

沙弥は向こう側を向いて横臥し、ぐぐっとヒップを後ろに突きだし、前に引く。それから、また後ろに突きだす。

いやらしい動きをしながら、「くっ、くっ」と声を押し殺している。

目を閉じているものの、眉根をぎゅっと寄せ、必死に快感をこらえているようだっ

た。

（いいんだ。いいんだ……！）

ＡＶで男優がやっていたことを思い出して、パンティのクロッチをつかんだ。きゅっと引っ張ると、パンティが持ちあがって、細くなったクロッチがあそこに食い込んだ。

紐《ひも》みたいになったクロッチが、オマ×コの狭間に深く食い込んで、ぷっくりとした肉土手がいっそう強調されて、こぼれでてくる。そのとき、

「ダメっ……！」

沙弥が身体をひねって、靖彦の腕をつかんだ。

パンティから靖彦の手を引き剝《は》がして、いやいやでもするように首を振る。

「……ゴ、ゴメンなさい」

思わず謝る。

沙弥は乱れた衣服をととのえながら立ちあがり、リビングを出ていく。すぐに階段をあがっていく足音が聞こえた。

2

階段を駆けあがりながら、沙弥は自分を責めていた。

(ああ、何てことをしてしまったのかしら?)

リビングのソファでうとうとしてしまったことは確かだった。洗濯物を干し、一階の掃除をして家事を終えて、ソファで休んでいたとき、疲れが出たのか、ついついうたた寝をしてしまった。

だが、スカートがめくれあがっていく気配で目を覚ましていた。

ハッとしてうかがうと、靖彦が下半身を覗き込んでいた。動けなかった。

そうするうちに、靖彦はあそこの匂いを嗅ぎ、触ってきた。

身体が凍りついてしまったようで、抗《あらが》うこともできなかった。それどころか、ざわっと肌が粟《あわ》立って、身を任せてしまった。

(あのまま、許していたら、どうなっていたのかしら?)

身体の奥で何か得体の知れないものが、ざわめいている。

それは昨夜、感じたものと同じ種類の感覚だった。

沙弥は階段をあがりきり、二階の夫婦の寝室に駆け込み、ドアの内鍵をかけた。

そのまま、ベッドに横になった。

ダメだ。身体がざわついていて、おさまらない。

知らずしらずのうちに、指がスカートのなかに入り込んでいた。

(ああ、こんなことはしてはいけない。まだ、靖彦くんは家にいるのよ。『ダメっ』と言って、拒否してしまったから、きっと傷ついているわ。でも、あのままだったら、きっと……)

沙弥は胎児のように丸くなって、スカートの奥に触れた。

パンティが湿っていて、その奥に息づいている女を女たらしめるところが、濡れているのがわかる。

(ああ、こんなになっている……)

その湿った箇所に触れただけで、鋭い電流が流れて、身体がぴくっと躍ってしまう。

昨夜、真一郎に抱かれて、身体は満たされているはずだった。なのに、この疼《うず》くような掻痒《そうよう》感はどこから来るのだろう？

(わたし、へんだわ。おかしくなってる、へんよ、へん……)

丸くなったまま、そこをさすると、疼きが満たされ、自然に腰が動いてしまう。

（ああ、まだ昼間だというのに……恥ずかしい……いや、いや、いや……）

パンティ越しに、クリトリスに指を当てて円を描くように擦る。

（ぁああ、気持ちいい……！）

クリトリスだけでもイケるだろう。

だが、それだけでは、この疼きを満たすことはできないような気がした。

何かが足りない。何かが……。そうだ。

沙弥は立ちあがり、閉まっていたレースのカーテンを開け放った。掃きだし式のサッシから、ベランダの向こうに生い茂っているケヤキの緑が見えた。

（ここには、昨夜、靖彦くんがいた……）

さすがに全開では恥ずかしくて、レースのカーテンを調節して、五十センチほど開いた状態で止めた。

これでいい。

ベッドに戻ろうとして、急にあれを使ってみたくなった。

硬く大きいペニスが欲しくなった。

ドレッサーの引出しから、ハンカチにくるまれたそれを取り出した。

ハンカチを外すと、肌色の柔らかなシリコンでできた男根が現れた。カリの張ったリアルな形のディルドーで、表面には血管が走っているし、睾丸までついている。だがそれが本物と違うのは、睾丸のすぐ下に吸盤がついていることだ。

これを平面に強く押しつければ、吸着することができる。

これは、真一郎が通販で購入したもので、夫は以前にＡＶで見て、どうしても使ってみたかったのだと言った。

しばらくは夢中になっていたが、もともと飽き性だから、やがて興味を失ったようで、放っておかれていた。それを使ってみたくなった。

フローリングの床はぴかぴかに磨き抜かれているから、簡単に吸着する。それは以前にも試してみて、わかっていた。

肌色のディルドーを持ち、床に強く押しつけてかるくまわして空気を抜く。

床に張りついた吸盤から、本物そっくりのディルドーが反りながらそそりたっている。強く力をかけても、外れないことを確認した。

それから、スカートをおろし、パンティを脱いだ。

白いブラウスを着て、下半身には何もつけていない。

部屋の壁に立てかけられた等身大の鏡に、自分の姿が映っていた。

白いブラウスの下には何もつけていないから、長方形にととのえている翳《かげ》りが目に飛び込んでくる。

（いや……！）

目をそらした。

こんな恥ずかしい姿は見たくない。それでもしばらくすると、どうしても鏡に映った自分の姿を確かめたくなってしまう。

おずおずと見て、鏡の前で胸と股間を隠し、足を少しよじる。

いやらしい身体をしている。三十路《みそじ》が近づくにつれて、細かった身体に肉が適度につき、胸も尻も大きくなって、どんどん肉感的に変わってきている。

（どうしよう？　鏡を見ながらするのは、あまりにも恥ずかしすぎる……）

かつては、真一郎がここにいて、鏡の代わりをしてくれていた。だが今、夫はいない。靖彦も見ていない。

（いや、いや……おぞましすぎる！）

首を左右に振った。だが、ディルドーにまたがって腰を振っている自分の姿を見てみたいという欲求が羞恥心に勝った。

鏡に向かい合う形で、しゃがんだ。

鏡に向かって大きく足を開いた。あまりにも恥ずかしすぎて顔を伏せた。

足をM字に開き、床からそそりたっているディルドーの亀頭部に、腰を振って狭間を擦りつけた。

本物そっくりの亀頭部がぬるぬるとあそこを擦ってきて、

「あっ……ぁあああ、気持ちいい……」

ごく自然に声が出た。いやらしい自分のことを思いながら、それが早く欲しくなって、腰を沈めていく。

「ぁああ……！」

身体の中心が太いクサビで押し広げられていくような感触に、金縛《かなしば》りになる。苦しい。だけど、気持ちがいい。

ぐっと奥までそれを受け入れると、峻烈な衝撃で身体が震えた。

「あっ……！」

自らを支えていられなくなって、床に手を突きそうになる。それをこらえて、お相撲さんが蹲踞をするような格好で、腰を落としきった。

「ぁああああ……！」

大きく声をあげてしまい、いけないと唇を嚙《か》む。

靖彦はそろそろ出かけたのだろうか？　それとも、まだ家にいて、こちらの気配をうかがっているのだろうか？

もし、こんな姿を昨夜のように盗み見られたら、もう恥ずかしくて居たたまれなくなるだろう。でも、心の底に見られたいという気持ちがあるのかもしれない。

後ろのベッドに片手を突き、身体を支えて、ゆっくりと腰を上下に振った。

すると、本物とほぼ同じ大きさのディルドーが奥へ奥へと入り込みながら、粘膜を擦ってくる。

「ぁああ、ぁあああうぅ……」

湧きあがる快感を受け止めながら、顔をあげた。

鏡に自分の姿が映っていた。

スクワットでもするように腰を上げ下げしながら、顔をのけぞらせて、鏡のなかの自分と目を合わせている。

(ダメ、見られない！)

目を伏せた。

それでも、腰の動きは止められなかった。

後ろのベッドにつかまりながら、尻を持ちあげて、振りおろす。

冷たくて、それが物足りない。男の本物のおチンチンはもっと温かく、やさしい。

だが、ディルドーにはそれがない。長く、硬いニセモノのペニスは容赦がない。

こちらが腰をつかえば、それに応えて、深いところをえぐってくる。

「ぁああ、ああ……いいのよ、いい……ぁあああ」

鏡を見ながら、胸をつかんで、揉んだ。

(ああ、いやらしい沙弥……これがあなたの正体なのね。いい子ぶっているけど、ほんとうの姿はこれなんだわ。いやらしい……淫らだわ……靖彦くんのように歳の離れた義弟に触られて、あそこを濡らしていたのよ)

自分を責めながら、乳房を揉みしだき、腰を振った。

屹立《きつりつ》をぐっと奥まで呑み込んでおいて、腰を前後に振ると、命を持たない非情な男根が体内を掻《か》きまわしてきて、甘く切ない愉悦《ゆえつ》がひろがってくる。

「ああ、あああ……気持ちいい……」

こうすれば感じるというように腰をつかっていた。

顎をせりあげて、目を細め、眉を折っている。波打つ髪が顔にかかって、後れ毛が頬を伝っている。

一糸まとわぬ下半身のM字に開いた太腿の奥に、蜜まみれのディルドーが出たり、入ったりしている。

のだろう。

きっと、自分のしたことが恥ずかしくなり、顔を合わせられなくなって、家を出た

せっかくレースのカーテンを開けてあるのに、靖彦は姿を現さない。

ちらりと窓のほうを見た。

(ぁああ、イキそう……!)

腰を上下動させながら、前後左右にまわした。

(いいのに……きみを怒ってはいないんだから、いいのに……)

シリコンの本体がしなりながら、膣を突き、擦ってくる。

だか、この姿勢のせいか、もう少しというところでイケない。

沙弥は腰を浮かして接合を外した。床からそそりたつ肌色のディルドーは白濁した

蜜で濡れて、いやらしくぬめ光っている。

吸盤をずらすように床から外して、ベッドにあがった。

ヘッドボードに背中をもたせかけて、足を開いた。

この体勢なら、窓の外に靖彦が現れたら、すぐにわかる。

だが、依然として姿はない。見えるのは、ケヤキの生い茂った緑とその向こうにひ

ろがる青空だけだ。

（やっぱり来ない……きっと、友だちに会うために家を出たのね）
そこに、靖彦の姿がないことに物足りなさを覚えてしまっている自分に気づく。
（ああ、わたし、おかしいんだわ……）
夫のセックスに不満があるわけではない。確かに自分勝手だが、彼なりに一生懸命
務めてくれる。なのに、義弟の視線を期待してしまっている。
ベランダに向かって、足を大きく開いた。
恥ずかしい蜜でべとべとになったディルドーをつかみ、太腿の狭間になすりつける。
甘い期待感が一瞬にしてひろがる。
柔らかくて硬いシリコンの頭部を押しつけると、それが体内を割って、押し入って
きた。
「あああ……！」
半分ほど入った肌色の人工ペニスをゆっくりと抜き差しする。ぐちゅ、ぐちゅと淫
靡な音がして、下腹部が熱くなる。
ディルドーは冷たい。人肌の温かさを持たない。それなのに、カリで膣の内側を引
っ掻くように行き来させると、そこがカッと火照《ほて》ってきて、抗しがたい悦びへと育っ
ていく。

（ああ、気持ちいい……！）

快楽を醸造させようと、目を閉じた。

そのとき、瞼の裏に浮かんだのは、靖彦の姿だった。

昨夜、そこのベランダで必死にあそこをしごきながら、向けられていたぎらぎらとした獣の目――。

そして、今日、下半身に触れてきたおずおずとした指や、荒い息づかい――。

（ああ、靖彦くん……何をしたいの？　義姉さんをどうしたいの？　いいのよ、したいようにして……いいのよ）

結婚するときに、真一郎の弟に逢った。前から、夫には十二歳も年下だから驚くなよと言われていた。実際に逢って、想像以上に若いように見えて、驚いた。

目から鼻にかけての涼し気なラインは兄にそっくりだった。

とても素直で謙虚な性格をしていて、一目見ていい子であることがわかった。

半年前にこの家に入ってからは、ずっと彼の視線を感じていた。

その視線が徐々に男のそれに変わってきていた。最近はねっとりと粘りつくような視線を感じることがあった。

今はわかる。靖彦が自分をどう見ているかを。彼にとって今、自分は明らかに性の対象なのだ。

（わたしは兄の妻だというのに。義姉だというのに、彼はわたしを……ぁあああ！）

ディルドーの吸盤の部分を持ち、強く押し込みながら、腰をつかっていた。

（ぁあああ、いいのよ。もっと見ていいのよ……もっと触っていいのよ）

ディルドーを押し込みながら、腰を前にせりだして、それを締めつける。

（もう、ダメっ……！）

小刻みにディルドーを動かして、そこに膣を擦りつけた。

熱い塊《かたまり》がふくれあがり、頂上が見えてきた。

そこに向かって、駆けあがっていく。

ぐちゅ、ぐちゅといやらしい音がする。下腹部から火の手があがって、それが全身に燃えひろがっていく。

「ああぁ、あああぁ……イク、イク、イク……ぁあああうぅぅ！」

ぐいと押し込んだとき、風船がパチンと爆ぜて、意識が一瞬途絶えた。

「あっ……あっ……」

がくん、がくんと身体が躍りあがっている。

荒波に呑み込まれる小さな船のように、沙弥は波の頂上へと放りあげられた。

3

その夜、いつもかかってくる真一郎からの電話がいつまで待っても、来なかった。真一郎は出張に出かけた夜はどんなに遅くなっても、電話をかけてくる。なのに、今夜に限って電話がない。

(どうしたのかしら?)

接待の飲み会があったとしても、もう終わっている頃だ。気を紛らわすために、家族のことを考えた。

義父の達生の面接はまあまあだったが、結果はまだわからないという。今後も一応再就職活動はつづけると言っていた。

靖彦は、やはり昼間に沙弥に咎《とが》められて気が引けたのだろう。夕食の有無に関しての連絡は来ず、ついさっき帰宅して、

「ゴメン。友だちと長引いてしまって……」

ちらりと沙弥を見て、すぐに目を伏せた。恥ずかしくて、面と向かって顔を合わせられないのだろう。

（ダメだわ、落ち着かない）

このままでは、いつまでも真一郎からの電話を待ちつづけることになる。

彼が眠りにつく時間ではない。真一郎はどんなに疲れていても、十二時前に眠ることはない。

沙弥はスマホを手にとり、真一郎の連絡先をプッシュした。

呼んでいるのに、ちっとも出ない。

いったん電話を切った。それでも、まだ眠っているはずはないと、もう一度電話をした。

何度も呼んだあとで、ようやく繋がった。

『ああ、沙弥か……』

真一郎の声がする。何かおかしい。やけに息が弾《はず》んでいる。

「ゴメンなさい。いつもの電話が来なかったから、心配で……」

『……大丈夫だよ』

「今、どこにいるの？」

『ああ、もうホテルの部屋だよ。悪いな。電話しようと思ってたんだけど、だいぶ呑んでてな……俺は大丈夫だから。悪いな、疲れてるんだ』

「ちょっと待って……」

『何だよ？』

都合の悪いときに電話を切らないで、といつも言っているから、真一郎は簡単には電話は切れない。

「……何か、へんよ。女の声が聞こえたわ」

電話中に女の笑い声が聞こえたのだ。

『ああ、それはテレビの音だよ。テレビを点けっぱなしで眠っちまったみたいでさ。切るぞ』

「ちょっと待って……また、女の声がしたわ。テレビじゃない。ナマの女の声よ。誰かいるんでしょ？　誰なの？」

『いないよ。しつこいぞ』

「だったら、スマホを動画にして、部屋を映してみて」

『おい、俺を信用しないのか？』

「いいから、映して。ビデオ通話にすればできるでしょ？」

『しょうがねえなあ』

しばらくして、ビデオ通話に切り替わって、真一郎の顔が映った。

『見えるか？』

「はい……部屋をぐるっと映してみて」

『いいけど……』

スマホをまわしているらしく、ホテルの部屋が映しだされた。

広い部屋で、セミダブルのベッドがあり、そこはなぜかひどく乱れている。

『ベッドが乱れてるのは、俺が酔っぱらってジタバタしてたからさ』

言い訳に聞こえる。スマホがぐるっとまわって、部屋の様子が映った。他には異常はない。

（えっ……！）

沙弥はハッとして口を押さえた。

部屋の壁に取り付けられている大きな鏡に、こちらを見てにやにやしている、ガウンをはおった女の姿が一瞬映ったからだ。若くて、かわいい顔をしていた。

臙脂《えんじ》色のガウンで、真一郎が着ている紺色のものと同じ種類だから、この部屋にペアで用意されていたものだろう。

『なっ、誰もいないだろ？』

真一郎が能天気に言う。

「いたわよ。鏡に女の人が映っていた。あなたと同じガウンを着て……」

沙弥が言うと、真一郎は一瞬、ハッとしたようだが、しばらくして、

『もう一度、ミラーを映すぞ。誰かいるか？　いないだろ？』

スマホで鏡を映した。今度は誰も映っていない。おそらくあの女に、たとえばバスルームに隠れるように言ったのだろう。

「バスルームを映してみて」

『……いい加減にしろよ。頭に来た。もう切るからな。電話するなよ。しても、出ないからな』

そう言って、電話が切られた。

沙弥はもう一度、電話をした。だが、真一郎は出ない。やがて、留守電対応になって、沙弥は諦めて、スマホを置いた。

（いた、絶対にいた……！）

真一郎が今夜、電話をかけてこなかったのは、女と一緒で電話できなかったのだ。

それに、最初に出たときに息が切れていたのは、おそらく、セックスの真っ最中だったのだろう。

（あの人……！）

真一郎は我が儘で強引だが、女性関係はきれいだと信じていた。

（浮気していたんだわ、出張中に……）

沙弥は信じていたものが、がらがらと壊れていくのを感じて、ぎゅっと唇を噛みしめた。

第三章　禁断の筆下ろし

1

二日後の夜、靖彦がリビングで寛《くつろ》いでいると、兄の真一郎が出張から帰ってきた。

いつもなら、沙弥が玄関に出迎えにいくのだか、今日に限って、沙弥は席を立とうとしない。兄がリビングに入ってきて、そこでようやく立ちあがって、兄とともに二階へとあがっていく。

どこか様子がへんだった。

（おかしいな……何かあったんだろうか？）

父はすでに自室に籠《こ》もっている。

ひとりリビングでテレビを見ていると、二階で真一郎と沙弥が言い争う激しい声が聞こえてきた。何を言っているのか内容はわからないが、階下まで聞こえてくるのだから相当激しい言い合いをしているのだろう。

そのすぐあとで、ダダダダッと階段を駆けおりる足音が聞こえてきた。

ハッとして見ると、沙弥がすごい勢いで廊下を歩いていくさまが、ドアのガラスから見えた。

（えっ、どうしたんだろう！）

尋常ならざる事態に、靖彦も立ちあがった。

廊下に出ると、パーカーをはおった沙弥が、上がり框《かまち》に座って、ベージュのパンプスを履いていた。

「義姉《ねえ》さん、どうしたの？」

声をかけると、沙弥が振り返った。

その顔を見て、びっくりした。泣いていたからだ。

大きな瞳は赤くなって、涙がこぼれていた。頬に伝った涙を、沙弥は手の甲で拭い、

「ゴメンなさい。ちょっと外に出てきます」

そう言い残して、沙弥が玄関を出ていく。

（ええ？　どうすりゃあいいんだ？）

迷っているうちに、車庫で車のエンジンがかかる音がして、靖彦はとっさにサンダルを引っかけて、外に出た。

エンジンのかかった軽自動車のなかに、運転席に座った沙弥の姿がルームランプで浮かびあがっていた。

（義姉さんをひとりで行かしてはいけない！）

とっさにそう思って、靖彦は走って近づいていく。

助手席の窓を叩いた。沙弥はハンドルに顔を伏せて、悩んでいるようだったが、やがて、こちらを見てうなずいた。

ドアを開けて、助手席に体をすべり込ませた。シートベルトを締めると、二人を乗せた軽自動車が走りだした。

家の前の細い道路をゆっくりと進んでいく。この道を行けば、すぐに幹線道路に出る。

先日、沙弥の身体に触れているせいもあって、助手席に乗っているだけで、気持ちが昂《たかぶ》った。なぜ、義姉が飛び出したかを猛烈に知りたくなった。

「……何かあったの？　兄さんと何かあったんでしょ？」

「……それは、知らないほうがいいと思う」

ハンドルを握った沙弥が、正面を向いたまま答えた。

対向車のライトで照らされる沙弥の横顔は、いつものようにととのって優美だが、憂愁の色に沈んでいた。

「聞きたいんだ。すごく気になるんだ」

「……聞かないほうがいいと思う」

「だって、こんな気持ちじゃ……教えてよ。何かあったんでしょ？　兄さんが浮気したとか？　違うの？」

当てずっぽうだった。兄が出張から帰宅したときから二人の様子がおかしかったから、その可能性もあると考えたのだ。

沙弥の表情が引き攣《つ》ったから、きっと当たらずとも遠からずなのだ。

「義姉さんが心配になってついてきたんだ。だから、教えてよ……大丈夫。秘密にしておくから。同じ家族じゃないか？　話してよ、相談してよ」

靖彦はなおも押した。

沙弥が好きだからこそ、夫婦喧嘩の理由を知りたかった。

しばらく車は幹線道路を走り、ようやく、沙弥が口を開いた。

「……女がいるの」

「えっ……？　お、女が？」

「ええ、真一郎さんには、若い女が……」

「……どうしてわかるの？」

「……詳しくは話せないけど、とにかくいるの。博多への出張も一緒だったのよ。名前までわかったわ。小柴香苗《こしばかなえ》っていう真一郎さんの部下みたい。まだ二十三歳の新入社員だから、課長の真一郎さんが教育係をしているんだと思う。彼女は上司には逆らえないし、きっと真一郎さんの言いなりなんだと思う。あの人にとっては極めて都合のいい女なのよ」

一気に言って、沙弥がぎゅっと唇を結んだ。

靖彦はそこまで詳しくわかっているのならば、事実なのだろうと思った。

(出張の前にあんなすごいセックスしてたのに……兄さんは会社の若いＯＬと……？)

兄にはもともと我が儘で独善的なところがあることはわかっていた。しかし、まさか会社の部下に手を出すとは……。

「信じられません。沙弥さんのような素敵な方がいながら、そんなことを……信じられない」

ついつい思いを口にしていた。

しばらくすると、沙弥が前を向きながら言った。

「ねえ、二人でどこかに行こうか？」

「えっ……！」

「靖彦くんはどこに行きたい？」

沙弥がちらりと靖彦を見た。

最初に頭に浮かんだのは、二人になれるところ、つまり、ホテルだ。だが、絶対に言えない。それにホテルで二人きりになっても、靖彦は童貞なので、きっとどうしていいのか戸惑ってしまうだろう。

悩んでいると、沙弥が言った。

「ビーチに行こうか？　夜の海もいいものよ」

堂園家からは、車だったら二十分ほどで海岸に出られる。

「どう？」

「ああ、はい。海は好きです」

「じゃあ、そうしようか」

沙弥のワンピースの裾から突きでたすらりとした足が、アクセルペダルを踏んだ。

途端にスピードが乗る。

車のなかは冷房が効いていたが、海岸の近くに来て、沙弥が窓を開けたので生温かい風とともに、海の匂いが香ってきた。

「海って、夜でも匂うのね……むしろ、強く感じる」

沙弥がぽつりと言った。

確かにそうだ。靖彦は大きくうなずく。

すぐに車が海岸に着き、車が駐車場に止まった。

「散歩しましょうか？」

靖彦は嬉々として、義姉とともに外に出る。

と、潮《しお》の匂いがさらに濃くなり、ザブーンと波が浜辺に打ち寄せる音が響く。

今夜は波が強いらしい。

パーカーをはおった沙弥が前を歩いていく。と、沙弥のスマホが呼び出し音を立てた。

沙弥は立ち止まって、スマホを出した。ちらっと画面を見て、スマホのスイッチを切った。

「誰からですか？　兄さんですか？」

靖彦が訊くと、沙弥はうなずいた。

「出なくていいんですか？」

「いいの……電源を切ったから、もうかかってくることはないわ。靖彦くんも悪いけど、スマホの電源を切って。多分、きみにもかかってくると思うから」

求められて、靖彦もスマホの電源を切った。

これで、もう二人の邪魔をする者はいないのだ。

石段を降りて砂浜に出た。

途端に、足が深い砂に嵌《は》まって、動きづらくなる。

と、沙弥は履いていたパンプスを脱いで、手に持った。

そのまま裸足で砂浜を歩いていく。

「きみも脱いだら……気持ちいいわよ」

靖彦もサンダルを脱いで、手に持った。

沙弥はどんどん波打ち際に向かって歩いていく。

その姿が、ほぼ満月の青白い月明かりに浮かびあがって、とてもエロチックだった。

市街では感じなかったのに、海辺は風があって、沙弥のウエーブヘアを乱し、ミニ丈のワンピースが身体に張りついて、お尻から太腿にかけてのラインが浮きでていた。

途端に、靖彦の股間は力を漲《みなぎ》らせてしまい、歩きづらくなった。

それを見られまいとしつつ、沙弥のあとをついていく。

月光が跳ねる波が浜に押し寄せてきて、崩れ、その白い波頭が砂に吸い込まれていく。

沙弥はパンプスを持ったまま、わざわざ波打ち際まで近づいていった。

押し寄せる波が、乾いた砂浜と濡れた箇所の境をつけている。

沙弥はぎりぎりまで歩いていき、波が唸りながら近づいてくると、歓声をあげて、跳び退く。

「悪いけど、これを……」

沙弥にパンプスを渡されて、靖彦は自分のサンダルと沙弥のパンプスを両手に持った。

沙弥はしぶきで濡れないようにワンピースの裾をつかんで持ちあげながら、押し寄せては退いていく波と戯《たわむ》れている。

白い波頭を崩しながら波が近づいてくる。それを逃げることなく素足で受け止める。

次の波は大きかったようで、沙弥は「キャーッ」と歓声をあげながら転びそうになり、そのまま、靖彦にしがみついてきた。

両手に靴を持っているから、靖彦は何もできない。

そんな靖彦を外側から抱きしめるようにして、沙弥はしがみついて離れない。沙弥のさらさらした髪を感じた。柔らかくて大きな胸のふくらみが押しつけられている。

「来て……！」

沙弥が身体を離し、靖彦の手を引いて歩きだした。

すぐのところに、引きあげられて係留されている漁船があった。このへんは底引き網漁が盛んだから、これは網を張る船なのだろう。近くには、漁師小屋もある。

何トンなのかわからないが、それほど大きな船ではない。だが、視線を遮《さえぎ》るだけの大きさはある。

きっとそう考えたのだろう、沙弥に言われて、靴を砂浜に置くと、沙弥がハグしてくれた。

「ありがとう。きみのお蔭で、随分と楽になったわ」

耳元で囁いた。その息が耳にかかって、靖彦は舞いあがる。

「これからすることは、絶対に人に言ってはダメよ」

そう言って、沙弥が顔を寄せてきた。

鼻がぶつからないように顔を少し傾けながら、大きな目で靖彦を見ている。思わず目を閉じると、柔らかな唇が重なってきた。

キスをするのは初めてだった。

しかも、相手は兄の嫁なのだ。絶対に手を出してはいけない人なのだ。

緊張して何が何だかわからない。それでも、その唇がまるでサクランボみたいにぷるるんとして柔らかく、甘酸っぱい香りがすることはわかる。

沙弥は顔を持って唇を合わせ、ちゅっ、ちゅっとついばむように唇を重ねてくる。

それだけのことで、靖彦は甘い陶酔感に包まれる。包まれながらも、あそこが力を漲らせていくのがわかる。

と、沙弥の手が背中にまわり、靖彦をぎゅっと抱きしめてくれる。引き寄せられながらも、唇は重なっているし、時々、つるっとした舌が唇の隙間に触れる。

ますます舞いあがる靖彦の背中から脇腹へと義姉の手がすべり、さらに、前のほうにまわった。

「さっきから、これが当たってるんですけど……」

沙弥は唇を離して言い、にっこりと笑いかけてくる。

「ああ、すみません！」

「いいのよ、謝らなくとも……靖彦くん、この前、覗いていたでしょ？」

沙弥がアーモンド形の蠱惑《こわく》的な目で正面から見つめてくる。

(ああ、やはり、あのとき見つかっていたんだ!)

恥ずかしくて、居たたまれなくなった。それこそ、穴があったら入りたい気分だ。

「大丈夫よ。怒ってはいないから……」

「すみません……僕、沙弥さんのことが……好きで。大好きで……だから、もう我慢できなくって……すみません」

「いいのよ」

沙弥がまた顔を寄せて、キスをしてくれる。

今度はさっきより激しい。それに……。沙弥のしなやかな指がズボンの股間をさすってくるのだ。

(ああああ、初めてだ。女の人にここを触られるのは……!)

ドギマギしつつ、あそこがギンギンになるのを感じる。

と、沙弥が唇を離して、言った。

「靖彦くん、触っていたよね?　わたしがうたた寝していたとき」

「ああ、はい……あのときも我慢できなくて……すみません」

「いいのよ……怒っているんじゃないから。そんなにわたしが好き?　お義姉さんが好き？」

「はい、好きです……どんどん好きになっていって……ダメだってわかってるんです。でも、抑えきれなくて」

「……妙なことを訊くようだけど、ゴメンね。靖彦くんは女性を知っているの？」

沙弥がかわいく小首を傾《かし》げた。

どう答えていいのか迷った。二十歳になっても童貞だなんて、恥ずかしすぎる。

「いいのよ、正直に答えて」

「……女性を、知りません……」

告白した途端に、恥ずかしくて居たたまれなくなって、消え入りたくなる。

「そう……いいのよ。ありがとう、正直に言ってくれて……でも、ここはどんどん硬くなってくるみたいよ」

沙弥の手がいきりたったそれを、ズボンの上からさすってきた。

「あっ……くっ……！」

「どうしたの？」

「ダメです。それ以上されると、ダメです！」

「どうしたの？」

沙弥はにっこりとして言いながらも、まるで面白がっているように、じっくりと勃起を触ってくる。

ゆっくりと上下に撫でさすられると、分身がどんどんふくらんできて、足踏みしたくなるような快感が盛りあがってきた。

「ああ、ダメです……！」

気持ち良すぎた。そこから甘くて、切ないような快感がひろがってくる。

すべてが初体験だった。しかも、相手は自分が密《ひそ》かに横恋慕《よこれんぼ》している義姉なのだ。

沙弥がまた唇を重ねてきた。

柔らかな唇を合わせられて、甘い吐息とともに、下腹部のいきりたちをズボン越しにさすられると、もう我慢できなくなった。

（ああ、ダメだ……出ちゃう！）

鮮烈な射精感が体を貫き、あっと思ったときは、呆気なく射精していた。途端に、ブリーフのなかが温かくなる。

それを感じたのか、沙弥が言った。

「ゴメンね。汚してしまったわね……コンビニで下着を買おうか。歩ける？」

靖彦がうなずくと、沙弥は先を歩きはじめた。

2

幹線道路沿いにあるコンビニの駐車場に車を止めると、沙弥は靖彦を車内に残して、明るい店内に入っていった。

見守っていると、沙弥が男もののブリーフを買っているのが見えた。

（ああ、沙弥さんが、僕の……！）

なんだか心がむず痒い。

沙弥が戻ってきた。

運転席に座りながら、コンビニ袋に包まれた下着を「はい」と渡してくれる。

「でも、ここでは着替えは無理ね。どこか着替えられところに行こうか？」

「はい……でも、ここでも……」

「ダメよ。人に見られたら、こっちが恥ずかしいもの」

沙弥が笑い、車をスタートさせる。

夜の市街を運転しながら、沙弥が言った。

「匂うわ」

「えっ……？」

「あれの匂いがする。きみの股間から、とても刺激的な香りが……」

「ああ、すみません」

靖彦はとっさにズボンの股間を押さえて、体を縮こまらせる。

「いいのよ……そこのホテルに入ろうか？」

沙弥が見た方向には、マンションのような形をしているが、英字で書かれた大きな看板のついたホテルがあった。ラブホテルだ。

このへんの海岸沿いには、海に遊びに来たカップルのために、リゾートホテル風に建てられた幾つかのラブホテルが並んでいた。

沙弥は無言でハンドルを右に切り、ホテルの駐車場に入っていく。

一階のフロアには空き部屋を表示するパネルがあり、部屋を指定して、自動販売機で部屋のチケットを購入できるようになっていた。

受付の前を通るときは、心臓が縮みあがった。二人は義姉と義弟なのだ。

もちろん、そんなことはフロントのオバサンにはわかりはしないだろう。だが、二人のことを知っている人だったら、ばれてしまう。

幸いにして受付の中年女性は知らない人で、靖彦はホッと胸を撫でおろす。

いや、自分よりも、沙弥のほうがはるかに不安だっただろう。

二人は五階までエレベーターであがって、部屋に入った。

すべてが初体験で、靖彦は舞いあがっていた。しかも、相手は兄嫁なのだ。

部屋の家具は竹を使用したもので、全体のインテリアもアジアの南国を意識して作られていた。

「シャワーを浴びたいでしょ？」

「ああ、はい……！」

「浴びていらっしゃい」

沙弥がパーカーを脱いで言う。パーカーの下はクリーム色のワンピースだった。

(シャワーを浴びるってことは、やはり……！)

ドキドキ感が強くなった。靖彦は期待で胸ふくらませながら、服を脱いで、バスルームに向かう。

清潔そうなバスルームはやたら広くて、鏡も大きく、バスタブなどは家の二倍の広さがある。

(やっぱり、ラブホはバスルームがすごいんだな)

胸を高まらせながら、シャワーを浴びる。

肩から温かいシャワーをかけていると、いきなりドアが開いた。そこには、一糸まとわぬ姿の兄嫁が立っていた。

「えっ……！」

びっくりして、硬直した。

だが、視線はその美しい裸体に釘付けになる。

沙弥は胸に添えた手にタオルを持っていたが、ほとんどすべてが見えてしまっている。

先日は覗き見してしまったが、今、こうやって目の当たりにする裸身は、息を呑むほどの曲線に満ちていた。

たわわな乳房は先端がツンと上を向き、きゅっとくびれたウエストから急激にひろがっていく腰からすらりとした美脚が伸びている。

しかも、色白の肌はきめ細かく、全体的には適度に脂肪がのって、むっちりとした感じがする。

一瞬にして股間のものがいきりたち、靖彦はとっさにそれを隠した。

「驚かせてゴメンね。靖彦くんの背中を流してあげるわ」

「……いえ、そんな、いいですよ」

ほんとうはそうしてほしい。だが、勃起したものを見られるのが、恥ずかしすぎる。

「大丈夫よ。恥ずかしがらなくていいから……そこに座って」

沙弥はシャワーヘッドをつかんで、自分の身体にかけた。

色白のもち肌に水滴がしたたるのを見ながら、靖彦はプラスチックの洗い椅子に腰をおろす。

「背中の前にここを洗おうね。さっき、出してしまったものね」

そう言って、沙弥は前にしゃがんだ。

ボディソープを手のひらに出して、泡立てる。その間も、間近に沙弥の裸身がせまっている。丸々とした乳房、屈曲した太腿の奥の翳り――。

(ああ、ダメだ……！)

股間のものがますますいきりたってきて、もう手では隠せない。それを必死に覆っていると、

「恥ずかしがらなくていいのよ。靖彦くんのがさっきから大きくなっているのはわかっているから……」

沙弥はやさしく微笑んで、靖彦の手を外した。そして、ソープを塗り込めてきた。

陰毛から内股にまわりこんだ手が、本体に触れた瞬間、

「あっ……！」

靖彦はびくっとして、声を洩らしていた。

「すみません……」

「いいのよ。靖彦くん、すみませんって言いすぎ。謝ってばかりいると、相手に舐められるわよ。わたしは、そういう謙虚な人は好きだけど……」

沙弥の手が鼠蹊部《そけい》から本体に向かって、這いあがってくる。

かつてないほどの角度でそそりたつものを、泡まみれの手のひらが握り、ちゅるちゅるとすべっていく。

「あっ……くっ……」

「ふふっ、大丈夫？」

「はい……ぁああ、大丈夫じゃありません……くっ、あっ……」

あっという間に放ちそうになって、靖彦はぐっとこらえる。

「敏感なのね。それに、カチカチよ」

ちらりと見あげた沙弥の目が、悪戯《いたずら》っ子みたいに光っている。

沙弥はタオルを使わずに、手だけで洗ってくれる。ちゅるちゅると肉茎をなめらかな手のひらがすべる。刺激を受けて、カリがぐんと張ってきた。すると、包皮が完全に剝《む》かれ、露出した亀頭の裏側を沙弥は指できれいにしてくれる。

「あっ……くっ……」

「感じちゃうの？」

「ああ、はい。すみ……いえ、はい……感じます」

「ふふっ、びくびくしてる。ほら、こんなに取れた」

沙弥がきれいな指に付着した恥垢《ちこう》を見せてくれた。

（ああ、こんなに溜まっていたのか……！）

靖彦はそれこそ、穴があったら入りたい気分だ。

それでも、分身は自分でもびっくりするほどにギンとそそりたっている。

沙弥はまた手のひらでソープを泡立てると、今度は勃起の下のほう、睾丸袋を手のひらで包み込むようにして、撫でてきた。

「あっ……くっ……そこは……あの……」

「ふふっ、ここはよく洗っておかないと……あらあら、すごい。タマタマが動いているわよ」

沙弥はにっこりして、靖彦を見あげる。そうしながら、やさしく睾丸袋をマッサージしてくれる。

「あっ、ダメです。そこは……くっ……！」

「つらいみたいね……ここはどう？」

陰嚢《いんのう》に触れていた手が、さらに、その下側へとすべっていった。

「くっ……！」

靖彦は反射的に肛門を締めていた。沙弥の指が睾丸の後ろの敏感な箇所に触れたのだ。

会陰《えいん》部がとても気持ちいいところだと聞いてはいた。

しかし、実際にその縫目をソープのついた指でぬるぬるとさすられると、叫びたくなるような快感が撥ねあがった。

「ぁああ、ダメです。義姉さん、そこは……」

「何……？」

沙弥が小首を傾げた。

「き、気持ちいいです、良すぎて、もう……ぁあああああうぅ」

靖彦はまた呻く。もう一方の手が肉の柱を握ってきたのだ。

会陰部を刺激されながら、勃起をゆったりとしごかれると、ジーンとした熱い痺れが急速にひろがってきた。

それに、目の前には、お湯に濡れた大きな乳房がてかてかしているし、折り曲げられた太腿の奥では濡れた陰毛が奥に向かって流れ込んでいるのだ。

「ダメです……ダメ……出ます！」

ぎりぎりで訴えた。

すると、沙弥はそこから手を外し、

「流すわね」

にこっとして、シャワーで下腹部の白いソープを洗い流してくれる。

臍《へそ》に向かっていきりたっているペニスが恥ずかしすぎた。

「次は、背中を流させて」

そう言って、沙弥が後ろにまわった。

洗いタオルで液体石鹸を泡立てて、肩や背中、お尻を丁寧に洗ってくれる。

女の人に背中を流してもらうことがこんなにも癒《いや》されることだと初めて知った。

気持ち良すぎた。

家を飛びだした沙弥を追ってよかった。あそこで何もしなかったら、こんな感激は味わえていなかった。

前を見ると、せっせと背中を流してくれている沙弥の姿が鏡に映っていた。

長い黒髪は濡れないようにアップでまとめられている。その後れ毛がふわっと頬にかかり、角度によっては乳房も見えて、舞いあがってしまう。

それに、義姉の弾力のある柔らかなオッパイが時々、背中に触れて、ますますドキドキしてしまう。

沙弥は丹念に時間をかけて洗ってくれる、洗い終えて、シャワーでソープを洗い流してくれる。

「靖彦くん、先に出ていて。わたしはあとで出るから、待っていて……そこにバスローブがあるから、はおるのよ」

鏡のなかの靖彦に向かって言う。

「はい……」

うなずいて、靖彦はバスルームを出た。バスタオルで濡れた体を拭く。その間も、沙弥がシャワーで身体を洗う肌色のシルエットが、ドアから透けて見えていた。

3

沙弥が出てくるのを待つ間も、靖彦はとてもじっとしていられなくて、部屋をぐるぐるとまわっていた。

股間ものは依然として勃起したままで、バスローブを持ちあげている。

(ここまで来たんだから、筆おろしをしてくれるんじゃないか？ だけど、沙弥さんは兄の嫁さんなんだぞ。たとえ、今夫婦喧嘩をしていても、義弟に身体を許すことはないんじゃないか？)

ああでもない、こうでもないと考えているうちに、沙弥がバスルームから出てきた。備えつけの白いバスローブをはおっている。

腰紐を締めているけれども、胸元はこんもりとしたふくらみで持ちあがり、バスローブの裾が短いせいか、つやつやとした光沢を放つ太腿が際どいところまで見えてしまっていた。

髪は解かれていた。きっと櫛《くし》を入れてきたのだろう、つやつやの黒髪が波打ちながら肩に散っている。

呆然として立ち尽くしていると、沙弥が近づいてきて、靖彦のバスローブを脱がせ、

「ベッドに横になって」

と、やさしく言う。

こくっと生唾を呑みながら、ベッドに仰向けに寝た。恥ずかしいので、股間からそ

そりっているものは手で隠していた。

沙弥が紐を解いて、自身のバスローブを肩からすべり落とした。

（ああ、すごい……！）

彫像のような裸身に見とれているうちに、沙弥はベッドにあがり、這うようにして上から靖彦を見た。

「……靖彦くんに、今夜つきあってくれたお礼をしたいの。でも、今夜だけよ。わかった？」

「はい……！」

今夜だけでもうれしい。

「初めてなのよね？」

「はい……」

「わたしで大丈夫？」

「も、もちろん！　僕、ずっと……！」

あなたが好きです、と言おうとした口をふっくらとした唇がふさいできた。

柔らかですべすべした唇、甘酸っぱい吐息……。

慈《いつく》しむようなキスが、少しずつ情熱的なものに変わり、ついには、唇の間に舌が伸びてきた。

ぬるっとしたものを感じて、口を開けると、なめらかな肉片がすべり込んできた。

（ああ、これが大人のキスなんだな！）

舞いあがったそのとき、股間のものに指が触れるのを感じた。

いつも見とれていた細くて長いきれいな指が、自分のおチンチンにからみつき、ゆるゆるとしごいてくる。

その間も、キスをされていて、舌が口腔をなぞり、舌にからんでくる。同時に、下腹部のいきりたったものを握りしごかれているのだ。

これ以上の悦びがあるとは思えなかった。

イチモツがますますギンとして、早くも先走りの粘液が滲み、ねちっ、ねちっといやらしい音がする。

沙弥は顔を離すと、上から靖彦を見た。とてもやさしい目をしていた。

「こんなこと言っていいか、わからないけど……靖彦くんって、やっぱり真一郎さんに似ているわ。兄弟だから当たり前でしょうけど……」

「そ、そうですか？」

「ええ、眉間から鼻にかけてのスッと伸びた感じが、そっくり……」

そう言って、沙弥が天使のように微笑んだ。

（そうか、それで……）

沙弥はもちろん兄に恋をして結婚したのだから、兄に似ている靖彦に対しても、好感を持ってくれているのかもしれない。

「きみを男にしてあげる。そうしたいの」

沙弥が上からじっと見つめてきた。

靖彦はうれしくて、涙が出そうになった。

「……でも、このことは絶対に秘密よ」

「はい……絶対に人には言いません！」

きっぱり言うと、安心したのだろう、沙弥が胸に顔を埋めてきた。

「でも、今夜だけね。わかるよね？」

靖彦は無言でうなずく。

沙弥は胸板を手で撫でながら、ちゅっ、ちゅっと乳首に唇を押しつけてくる。

「ふふっ、硬くなってきた」

微笑んで、靖彦の乳首を舐める。ぬるっ、ぬるっと突起に舌が這う。

「ああ、気持ちいいです！」

思わず訴えると、沙弥は顔をあげて、目を細めた。

ととのった顔と繊細な首すじにウエーブヘアが散って張りついている。その向こうにはたわわな二つのふくらみが見える。

下を向いているせいか、その大きさが強調されて、尖《とが》った先には濃いピンクの乳首が乳輪からせりだしていて、とてもいやらしく、きれいだった。

沙弥がまた舐めてきた。

乳首をなぞっていた赤い舌が這いおりていった。

脇腹から腰にかけて舐められると、乳首とはまた違ったぞくぞくっとした戦慄が流れた。

沙弥が下腹部でそそりたっている肉柱を握った。

きゅっ、きゅっとしごきながら、腹部を舐めてくる。

温かくてつるっとした舌がすべりおりていき、勃起の周辺にたどりついた。

根元の陰毛をざらっ、ざらっと舐められる。

さらに、顔を突っ込むようにして、太腿の付け根に舌を走らせる。そうしながら、時々、思いだしたように勃起を握りしごいてくれる。

熱いような快感が走り抜けていき、分身が手のひらのなかでますますふくれあがるのがわかる。

　すると、沙弥は肉柱の側面に唇を押しつけてきた。ちゅっ、ちゅっとキスを浴びせ、いっぱいに伸ばした舌でつるっ、つるっと舐めあげてくる。

「ああああ、くっ……！　ああ、義姉さん……ぁあああ！」

　靖彦はみっともない声をあげていた。

「そんなに、気持ちいいの？」

　沙弥がウエーブヘアをかきあげながら、靖彦を見た。

「はい……気持ちいい。たまらないです……ぁああああ！」

　またみっともない声をあげたのは、沙弥が裏筋を舐めあげて、そのまま上から頬張ってきたからだ。

　初めて受けるフェラチオだった。

　たぶん、とても気持ちいいものなのだろうと思っていた。しかし、今味わっている快感は想像をはるかに超えていた。

　沙弥の口の何かがぐにぐにとからみついてきた。

　途中まで頬張っているから、きっと、口の粘膜か、舌か、唇かのどれかだろう。それを判別できないまま、靖彦は歓喜に狂いたたされる。

沙弥はまだ唇をすべらせていない。顔を振っていない。なのに、このぐにぐにとからみつく感触は……！

見ると、沙弥の頰が凹《へこ》んでいた。吸っているのだ。

勃起を吸いあげて、口の粘膜や舌や唇を密着させているのだ。

（こんなことができるなんて……！）

フェラチオと言えば、唇と指で勃起をしごくものだと思っていた。だけど、違うのだ。

そのとき、沙弥の顔が上下に動きはじめた。

チューッと吸いあげながら、唇を短く往復させる。

途端に、勃起がますますふくれあがるような、それでいて蕩《とろ》けていくような快感が一気に押し寄せてきた。

「あああ、ダメです……出ちゃう！　くうぅ！」

ぐちゅぐちゅという唾音が卑猥だった。

「もう、もうダメです！」

ぎりぎりで訴えると、沙弥はちゅぽんと肉棹を吐き出し、靖彦のほうを見て、にこっとした。

口角を吊りあげて微笑みながら、唾液でぬめる肉棹を握って、根元のほうをぎゅっ、ぎゅっとしごいてくる。

それから、また顔を伏せて、上のほうに唇をかぶせて、リズミカルにすべらせる。唾液で塗《まみ》れる勃起が、窄められた口のなかに入ったり、出たりする。そして、沙弥はチューッと吸いあげながら、唇を往復させる。

またあの快感がふくれあがってきた。

「ダメです。ほんとうにダメっ……出ちゃう！　入れたいんです。沙弥さんのなかに入れたいんです！」

きっと、靖彦は必死の形相をしていたのだろう。

沙弥が「わかったわ」とでもいうようにうなずいて、下半身にまたがってきた。

4

沙弥はまたがって、下を向き、そそりたつものを太腿の奥に押しつけ、かるく腰を振った。そこはすでに濡れていて、ぬるっ、ぬるっとすべった。

それから、ゆっくりと慎重に沈み込んできた。

イチモツがとても窮屈なところを突破した感触があって、

「ぁあああうぅ……！」

沙弥が苦しげに顔をしかめた。さらに腰を沈ませて、

「ぁあああ……！」

今度は、大きく顔をのけぞらせた。

（ああ、これが女の人の……！）

もたらされる悦びを、靖彦は奥歯を食いしばって、受け止める。

（ああ、すごい……ひくひくしてる！）

熱いと感じるほどの粘膜が、侵入者を押し出そうとでもするようにうごめいて、締めつけてくる。

「ああ、ダメです……くっ、くっ……」

靖彦は必死にそれをこらえた。

痙攣《けいれん》が奥のほうに移動して、そこがくいっ、くいっと窄まりながら、先のほうを締めつけて、奥へと吸い込もうとする。

沙弥が靖彦の顔を上から見ていた。

きっと自分の意志で締めつけているのだ。そして、その効果を見ているのだろう。

実際には違うかもしれないが、そんな余裕のある顔に見えた。

「どう、男になった気分は？」

沙弥が微笑みながら訊いてくる。

「気持ちいいです。ひくひくして……すごく……それに……沙弥さんだから、それがすごくうれしいんです」

「……いい子ね。好きよ」

薄く微笑んで、沙弥が前に屈んできた。

枝垂《しだ》れ落ちる黒髪をかきあげて後ろにやり、ちゅっ、ちゅっと顔面にキスをし、それから、唇を合わせてくる。

（ああ、すごい……！　今、僕はあそこで繋がりながらキスしているんだ！）

つるっとした舌が差し込まれてきて、靖彦も一生懸命に舌をからませる。

すると、沙弥が舌を引いて誘ってくる。差し出すと、二人の中間地点で沙弥が舌をちろちろさせて、くすぐってくる。

エロすぎた。

差し出した舌を、沙弥は頬張るようにして吸ってきた。チューッと吸われ、うっと呻く。と、沙弥はすぐに吐き出して、また深く舌を押し込み、貪《むさぼ》るようにして口腔を舐めてくれる。

気持ち良すぎた。キスがこんなにも気持ちいいものだとは知らなかった。

沙弥が顔をあげると、二人の間に唾液の糸が伸びた。

それから、沙弥は首すじから胸板へとキスを移し、乳首を舐めた。

「ふふっ、きみの乳首、カチカチよ」

にこっとして、赤い舌を出し、小豆色《あずき》の突起をちろちろとあやしてくる。

くすぐったい。だが、ちょっと我慢しているうちに、それがぞわっとした快感に変わった。

「あっ……ダメです。ダメ……あっ、くっ……」

「すごいわね。今、おチンチンがびくんとしたわよ。わたしのなかで……」

口を接したまま言い、沙弥は乳首から首すじに向かって、ツーッと舐めあげてくる。

(ああ……これは！)

柔らかな肉片が肌をすべる感触が、おそろしいほどに気持ち良かった。次の瞬間、唇にキスされていた。

沙弥は情熱的に唇を吸い、舌をからめると、また舌をおろしていく。

首すじから鎖骨《さこつ》を伝った舌が、今度は反対の乳首へと移った。

そして、また乳首を舐めてくる。

れろれろっと横に弾《はじ》かれて、たちまちしこってきた乳首を今度は吸われる。チューッと吸われて、また舐められる。

その間も、沙弥の膣はうごめいて、靖彦のものを食いしめてくるのだ。

「どう、気持ちいい？」

沙弥が乳首を舐めながら、訊いてきた。

「はい、すごいです。舐められると、ぞくぞくします。ぁあああ、また……くっ、くっ……」

なめらかな舌がまた胸板を這いあがって、唇に達する。

その間がすごく気持ちいい。何と言っていいのかわからない。初めての体験だった。

こんな感触は体験したことがない。

沙弥は唇にキスをしながら、腰を前後にくいっ、くいっと振った。

（ああ、これは……！）

勃起が窮屈な粘膜で締めつけられながら、揺さぶられる。

気持ち良すぎた。

しばらく腰を揺すってから、沙弥はキスをやめて、上体を立てた。

そして、両手を胸板に突き、腰を振りはじめた。

両膝をぺたんとシーツについて、腰をゆったりと前後に揺すっては、

「んっ……んっ……ぁあああうぅ……」

どうしていいのかわからないといった様子で首を振り、ぎゅっと唇を噛みしめた。

それから、またさっきより大きく腰を前後に打ち振る。

「ああ、ダメです……くっ……くっ……！」

分身が揉みくちゃにされる快感を、靖彦は奥歯を食いしばってこらえる。

と、沙弥が両膝を立てて、足を開いた。

それから、ほぼ垂直に上体を立てた姿勢で、静かに腰を上げ下げしはじめた。

（ああ、これは……！）

射精をこらえながら、靖彦は目の前の光景に見入った。

すごいシーンだった。

義姉の裸体がゆっくりと上下動し、細長くととのえられたびっしりとした陰毛の底に、自分のおチンチンが出入りしているのがまともに見えた。

沙弥が腰をあげると、蜜で光る肉柱がぬっと現れ、腰を落とすとそれが完全に姿を消す。夢のようだった。

沙弥のウエーブヘアは乱れて、顔に張りつき、目尻のスッと切れた大きな目は潤んでいて、目の下がほんのりとピンクに染まっていた。

鎖骨の形は透けでているのに、乳房はたわわで、しかも、丸々と張りつめている。下から見ているせいか、下側のふくらみがすごくて、豊かなふくらみが乳房全体を押しあげている感じだ。

沙弥が上下に腰を振るたびに、たわわな乳房も波打って、

「あんっ……あんっ……あんっ……」

勃起が奥を打つたびに、沙弥は女の声をあげる。

そして、奥のほうのふくらみが亀頭部にまとわりついてきて、靖彦もひどく気持ちいいのだ。

沙弥の上下動が激しくなった。腹にまたがって、大きく足を開きながらも、腰を振りあげ、振りおろして、

「あんっ……あんっ……ぁあああうぅぅ、気持ちいい……。靖彦くん、義姉さんも気持ちいいのよ」

顎をせりあげながら、腰を前後左右に振って、ついにはまわした。

すっぽりとおさまった肉棹を軸に、豊かな腰がグラインドする。その腰づかいがい

やらしすぎた。

「ぁああ、ダメです……出ちゃいます！」

ぎりぎりで訴えると、沙弥は腰の動きを止めて、言った。

「ゴメンね。もう少ししていたいの。大丈夫？」

「はい、もちろん！」

「上になって」

そう言って、沙弥はいったん結合を外した。

腰をあげたとき、膣から肉柱が現れた。それはどろどろの蜜をこびりつかせながらも、こんなに長かったかと思うほどにギンとそびえたっていた。

沙弥はベッドに仰向けになって、靖彦を呼んだ。

自分で両膝を曲げて、両手でつかんでひろげ、

「これなら、よく見えるでしょ？」

「はい……！」

屈曲したすらりとした足の間、漆黒の翳りの底に、女の割れ目が見えた。

それは二枚貝のように縦に割れていて、左右の土手はふっくらとして豊かで、その内側の陰唇がわずかにひろがって、内部のサーモンピンクをのぞかせていた。

（さっき僕はここに挿入していたんだな）

自分でも、びっくりするほどに勃起したものを、狭間に押し当てた。

しかし、全体が濡れていて、膣がどこにあるかがわからない。戸惑っていると、沙弥が右手を伸ばしてきて導いた。

（ああ、ここなんだ……思ったより下にあるな）

導かれるままに腰を入れると、それが温かい体内にすべり込んでいって、

「あうぅ……！」

沙弥は両手で枕をつかんだ。

それでも、膝だけは曲げて開いて、靖彦の腰を挟みつけている。

「ぁああ、気持ちいい……くっ……あっ……くぅぅ」

そう喘ぐ沙弥の膣は、勃起を受け入れたまま、内側へと吸い込むような動きをする。

靖彦はたちまち暴発しそうになって、ぐっと奥歯を食いしばる。

「来て……義姉さんをぎゅっと抱きしめて」

沙弥が下から艶《なま》めかしく光る目を向けてきた。

靖彦は覆いかぶさっていき、肩口から手をまわし込み、愛情込めて抱きしめた。すると、沙弥がキスを求めてきた。

靖彦は唇を合わせる。

正直言って、キスの仕方がわからない。わからないまま、とにかく唇を押しつけ、舌を差し出すと、沙弥がその舌に舌をからめてくる。

「んんっ……んんんんっ……」

沙弥は声を洩らしながら、靖彦の頭と背中に腕をまわして、もっとばかりに引き寄せる。

そのとき、沙弥の膣が誘うように、きゅっ、きゅっとうごめいた。

(ああ、たまらない……!)

靖彦はキスをしつつも、腰をゆっくりと動かした。

すると、ギンギンになったものが義姉の体内をえぐっていき、まったりとした粘膜がからみついてくる。

(うおお、気持ち良すぎる!)

必死に暴発をこらえて、腰を打ち据えた。

すると、ねちっ、ねちっといやらしい音がして、

「んっ……んっ……ぁあああ、いいのよ」

沙弥がキスをやめて、顎をせりあげた。

（ああ、すごい……義姉さんが感じてくれている！）

靖彦のボルテージが撥ねあがった。もう止まらなかった。止めようがなかった。

もっと深く打ち込もうと、腕を立てた。

腰を叩きつけると、ピシャン、ピシャンと激しい打擲《ちょうちゃく》音がして、

「あんっ……あんっ……ぁあああああ、いいのよぉ……！」

沙弥が、靖彦の立てた腕をつかんで、ぎゅっと握った。そのしがみついてくるような、靖彦を頼りにしているような姿に、靖彦は昂奮《こうふん》して一気に高まった。

「ぁああ、ダメだ。出る……出ちゃいます！」

「いいのよ……出して。ちょうだい……大丈夫だから」

沙弥が下から大きな目を向けて、言った。

できれば、義姉が昇りつめるまで我慢したかった。だけど、まだ初めての靖彦には土台無理な話なのだ。熱い塊がぶわっとふくらんできた。

せめて最後にもっと強く、激しくと、破れかぶれで屹立を叩き込んだ。バチン、バチンと体がぶつかる音とともに、ねちっ、ねちっと粘着音が聞こえる。

「あんっ……あんっ……ぁあああ、イッちゃう。靖彦くん、義姉さん、イッていい？」

沙弥がとろんとした目で見あげてきた。

「はい……イッてください。僕も、僕も……うおおおっ！」

腕立て伏せの形で最後の力を振り絞った。熱いものがひろがった。ああ、出る。出そうだ……！

「ぁああ、出ます！」

「ああ、ちょうだい……わたしもイクぅ……！」

沙弥がのけぞりながら、腕にしがみついてきた。

靖彦は死に物狂いで打ち込んだ。つづけざまに打ち据えたとき、あれがやってきた。

「おおぅ……！」

吼えながら、放っていた。

沙弥も受け止めて、ぎゅっと抱きついてくる。

頭も下半身も吹き飛んでいくようだ。それは間違いなく、人生で最高の射精だった。

打ち終えると、靖彦は体を支えていられなくなり、ぐったりと沙弥に覆いかぶさっていく。

はあはあはあと荒い呼吸がちっともおさまらない。

そんな靖彦を、沙弥はやさしく抱きしめてくれる。背中をさすり、頭を撫でてくれる。

いつまでもこうしていたかった。義姉の胸のなかに抱かれていたかった。

だが、このまま体重をかけているのは申し訳ないような気がして、体を離し、すぐ隣に横になった。

すると、沙弥がにじり寄ってきた。大の字になった靖彦の二の腕に顔を乗せて、横になりながら、抱きついてくる。

「ありがとうね。今夜は義姉さん、ほんとうにおかしくなりそうだった……きみがいてくれて、ほんとうによかった」

沙弥が隣から、きらきらした目で靖彦を見る。

「僕のほうこそ……義姉さんに男にしてもらって……ありがとうございます。僕、ほんとにもう……」

感激して言うと、沙弥が上から靖彦を見た。

それから、唇を寄せてきた。

キスをされて、胸板を撫でられると、また下腹部のものが力を漲らせてきて、それに触れた沙弥が、びっくりしたように目を見開いた。

第四章　とろける義姉と義弟

1

一週間後、その夜は珍しく真一郎が早めに帰宅したので、四人で夕食を摂っていた。だが、雰囲気は重い。

沙弥が家を飛びだしたあの夜から、兄夫婦はぎくしゃくしていた。

あの夜、沙弥と靖彦は午前二時頃に家に帰ったのだが、沙弥が二階の部屋にあがっていくと、そこで激しい言い争いがあり、沙弥は部屋を飛びだして、一階にある客間で眠ったようだった。

客間は和室になっていて、今も沙弥は客用の布団を敷いて、寝室に使っている。化粧道具などもそこに持ってきて、兄とは一刻も一緒にいたくないようだった。

真一郎が他に女を作って、それに沙弥が怒り、同じ屋根の下で別居状態になっていることは、靖彦はもちろん父もわかっているようだった。

兄はあれからずっと帰りが遅かったが、今夜は何か思うところがあったのか、早く帰ってきた。

「靖彦くん、お代わりは？」

茶碗が空になったのを見て、沙弥が訊いてきた。

「ああ、はい……いただきます」

靖彦が茶碗を差し出すと、沙弥がそれを受けとって、ご飯をよそう。

それを見た兄の真一郎の機嫌が悪くなるのがわかった。

あの夜、靖彦が沙弥の後を追い、だいぶ時間が経ってから一緒に帰ってきたのが気に食わないらしく、あれから兄の靖彦を見る目が険しくなった。

沙弥も夫との関係の悪化が、家族の雰囲気を壊していることがわかっているのだろう。つとめて明るく振る舞っていた。

今夜の夕食も、金目鯛《きんめだい》の煮付けやイモの煮っ転がしなど、以前と変わらない愛情のこもった料理がテーブルに出されていた。

「ああ、沙弥さん……いい報告があるんだ」

しばらくして、父の達生が沙弥に声をかけた。

「えっ、何でしょうか？　もしかして、就職のことですか？」

沙弥が明るく言った。

「そうなんだ。この前、面接に行っただろう？　あの会社で、雇ってくれそうなんだよ。しかも、破格の待遇なんだ。さっき連絡が来てね」

そう言う父は心からうれしそうだった。

「よかった！　ほんとうによかった。お義父《とう》さま、おめでとうございます」

沙弥が破顔した。

「ああ、沙弥さんのお蔭だよ。あのとき、自信を持たせてくれたし、曲がったネクタイも直してくれた」

「そんな……お義父さまのお力ですよ。よかったわ。ほんとうによかった」

沙弥が心から喜んでいることが伝わってくる。

「そうなんだ……よかったじゃないか」

真一郎も言って、にっこりする。

だが、父は最近、長男には冷たい。

「……お前、今夜はやけに早いな。何かもくろんでいるのか？」

まさかの態度を取った。

「はっ……父さん、それはないだろ？」

「ふん……あきれたよ、お前には……」

父が追い討ちをかけた。これには、靖彦も驚いた。

沙弥も明らかに困ったような顔をしている。

「ちょっと、よしてよ。二人とも大人げないよ。食事のときくらい、穏やかにできないのかよ！　沙弥さんが困ってるだろ？」

靖彦はこの場をおさめたくて、そう言った。

自分でも驚いていた。兄と父の前で、こんな言葉が吐けるとは。

「いや、俺が悪いんじゃないだろ？　父さんが……」

「兄さん、やめなよ。お願いだから、もうやめて……」

靖彦はそう言いながら、泣きたくなった。

「そうだな。靖彦の言うとおりだ。大人げなかった。悪かったな……よし、今夜はたくさん食べるぞ。沙弥さん、お代わりをくれ」

父が茶碗を差し出した。

「はい。いっぱい食べてください」

沙弥が笑顔でご飯をよそう。

それを見ていた真一郎が、チッと舌打ちした。

ほんとうに困った兄だと思った。彼女との関係をきっぱり断ち切って、それから、みんなに謝ればいいのだ。

プライドの高い兄にはそれができない。せめて、女との関係をやめてくれればいいのだが。

夕食を終えて、しばらくすると、

「沙弥、ちょっと……」

兄が沙弥を手招いて、何か言いながら一緒に階段をあがっていく。

(もしかして、兄さんは改心したのかも。それを沙弥さんに伝えたいんじゃないか)

靖彦は期待した。

だが、しばらくして、沙弥が階段をダダダッと降りてきた。泣いていた。そして、声をかける暇も与えず、今は自室にしている客間に駆け込んでいく。

それから、待っても、待っても、沙弥は出てこなかった。よほどひどいことを言われたのだろう。

2

その夜遅く、靖彦は自室にいたが、沙弥のことが気になって、居ても立ってもいられず、部屋を抜けだした。

階段を静かに降りていき、一階の沙弥の部屋に向かった。

家は静まり返っている。もしかして、沙弥ももう寝ているのかと様子をうかがったが、なかで物音がしたので、まだ起きているのだということがわかり、ドアをかるくノックした。

「靖彦です」

声をかけると、しばらくして、ドアが開いて、沙弥が顔を出した。すでにパジャマに着替えていて、ストライプの水色のパジャマがとてもかわいらしかった。

「何？」

「ちょっと話が……」

「どうぞ」

部屋に招き入れられる。

「ゴメンね。座るところがないから」

そう言って、座卓の座椅子を勧めてくる。靖彦が座ると、沙弥はその隣に膝を斜めに流して座った。

ウエーブヘアが波打つ顔はいつ見ても美しい。その背後には、布団が一組敷いてあった。

「あの……さっき、義姉さん、泣いていたから……兄さんにひどいことを言われたんでしょ？　それが心配で……」

「ありがとう。靖彦くんはいつもやさしいね」

そう言って、沙弥が微笑んだ。明らかに作った笑顔で、それを痛ましく感じてしまう。

「何を言われたんですか？」

「……ほんとうは話したくないけど。靖彦くんだものね。じつは……」

あのとき、真一郎の部屋に呼ばれたので、沙弥としても期待したのだが、まさかの話だったのだと言う。

兄は自分には元々女はおらず、沙弥が誤解しているだけだ。

そんな誤解で、いつまでも喧嘩腰はやめてほしい。お前のお蔭で、家族の雰囲気が悪くなっているじゃないか、一刻も早く態度をあらためろ――。

そう強く言われたのだという。

「ひどいな、居直りじゃないか！」

靖彦はそう吐き捨てていた。

「……真一郎さん、とにかくプライドが高いから、過《あやま》ちを他人に指摘されるのがいやなの。それをすると、逆恨みをしてくるの。わかっていたんだけど……」

沙弥が悲しそうにぎゅっと唇を噛みしめた。

そんな義姉が可哀相《かわいそう》すぎた。

柔らかく波打つ髪を左右に垂らして、うつむいている。水色のパジャマの胸元をこんもりと持ちあげた胸のふくらみが、激しく波打ちはじめた。

きっと、泣きたいのをこらえているんだと思った。

この前のように助けてあげたい。

靖彦はいったん立って、沙弥の後ろから、ぎゅっと両手で抱きしめていた。

「ダメよ……」

沙弥が首を左右に振った。髪が揺れて、柔らかな毛が靖彦に触れた。

パジャマを通して伝わってくるたわわな胸のふくらみ、そして、シャンプーをしたあとの髪の香り……。

「義姉さん。僕、義姉さんのこと……」

耳元で囁いた。

「気持ちはありがたいけど、ダメよ。この前も言ったでしょ？　一回きりだって……わたしときみはそういうことをしてはいけない関係なの。わたしはきみの……あっ」

靖彦は最後まで言わせたくなくて、沙弥を後ろの布団に押し倒していた。そのまま、動けないように抱きしめる。

「んんっ……ダメっ！」

「義姉さん……好きなんだよ。兄さんなんか死んじゃえばいい！」

まさかの言葉が口を衝《つ》いてあふれた。

自分でもびっくりしたが、心からの声でもあった。

沙弥が衝撃を受けたのか、動きを止めた。その隙に、靖彦は唇を重ね、パジャマのズボンの裏側に右手をすべり込ませる。

「んっ……んんんっ！」

沙弥が逃れようとして、ジタバタした。

覆いかぶさる靖彦を必死に突き放そうと、もがく。

こんなことをしてはダメなことはわかっていた。だが、何かとても強い衝動に駆られていて、抑えられなかった。

唇を吸い、パジャマの裏側に押し込んだ右手を太腿の奥にぴたりと押し当て、中指でそこをなぞった。

ぷるるんとした唇、喘ぐような息づかい、そして、太腿の肉感的な圧迫感とパンティのすべすべした感触……。

必死に指で擦っていると、そこがぐにゃりと沈み込んで、なかの柔らかなものが粘りついてくるのがわかった。

沙弥は時々、思いついたように抗っていたが、その動きが少しずつ止《や》んだ。

靖彦はとっさにパンティの裏側へと右手をすべり込ませた。猫の毛のように柔らかな繊毛の底に、潤んだものを感じた途端、

「ああぅぅ……！」

沙弥は自らキスをやめて、顔をのけぞらせた。

(感じたんだ。あそこだって、こんなに濡れている！)

靖彦の体を強烈なパルスが貫き、分身がぐんといきりたった。

「義姉さんが好きだ。大好きなんだ！」

仰向けになった沙弥に覆いかぶさるようにして、パジャマ越しに乳房をつかんだ。たわわな弾力が伝わってくる。ブラジャーの感触はない。

ブラジャーをつけていないのだ。その証拠に、ふくらみの先に硬い突起がある。

パジャマのボタンを外し、こぼれでてきた乳房にしゃぶりついた。

ふくらみの先に貪りつくと、

「ぁあうぅぅ……！」

沙弥がさっきまでとは一転して、靖彦の頭を抱き寄せた。

(ああ、許してくれているんだ！)

靖彦は無我夢中で、乳首を吸い、舐めながら、パンティの裏側の女の谷間を撫でさすった。

「んっ……んっ……ぁああ、やめて……ああ、はうぅぅ！」

乳首をチューッと強く吸ったとき、沙弥の顔がのけぞった。

ちらりと見あげると、沙弥は乱れ髪が張りついた顔をせりあげ、手の甲を口に押し当てて、何かをこらえている。

(感じているんだ。義姉さんは僕の愛撫で感じているんだ！)

筆おろしをされたときも、沙弥は靖彦の稚拙《ちせつ》な愛撫に性感を昂らせていた。きっとすごく敏感なのだ。

なのに、今、真一郎と上手《うま》くいっていないから、身体が満たされていない。

(僕が、兄さんの代わりをすればいいんだ。できるかどうかわからないけど、やってやる。兄さんの代わりくらいできるさ！)

パジャマからこぼれでた乳房は丸々とした存在感を示し、濃いピンクの先がいやらしくしこってきている。その硬くなった乳首を指で転がしながら、もう片方の乳首を舐めた。

下から上へと舐めあげると、それがますます硬くなって、唾液でぬめ光ってくる。

今度は左右に弾いた。れろれろっと舌を横揺れさせると、

「んっ……うんっ……うんっ、あっ……あっ……」

沙弥は必死に声を押し殺そうとするが、口に押し当てた手の甲からかすかな喘ぎが洩れてしまう。

そして……下腹部に添えた指が、潤沢な蜜で濡れてきた。

最初は湿った程度だったのに、今は指がぬるっ、ぬるっとすべる。

乳首を舐めながら、ちょっと力を込めると、中指がとても熱い粘膜の祠《ほこら》に吸い込まれていき、

「あ、んっ……！」

低く喘いで、沙弥ががくんと顎をせりあげた。

(ああ、すごい……！)

生温かい膣が、中指を包み込みながら、ぎゅっ、ぎゅっと締めつけてくる。

指マンなどしたことがない。どうしていいのかわからない。

それでも、なかで中指をおずおずと立てると、指腹が柔らかな粘膜に触れて、そこを押しあげるようにする。

「ぁあああ……くっ……あっ、んっ……あっ……」

沙弥は悩ましい声を洩らし、いやいやをするように首を振る。だが、それはポーズで、心底いやがっているようには見えない。むしろ、感じているように見える。

その証拠に、指が接する体内からはそれとわかるほどのラブジュースがあふれ、指を動かすと、ねちっ、ねちっと音がする。

(よし、もう少し……！)

膣に突っ込んだ指をつづけて振って、上のほうの粘膜を刺激する。

ノックするように天井側を叩く指に、膣粘膜がひろがりながらも、からみついてくる。

「ぁあああああ……！」

沙弥は手の甲を口に押し当てながらも、あからさまな声を洩らし、もっとして、とばかりに足を開いて、下腹部を持ちあげてきた。

（ああ、エロすぎる！　腰が動いてる！）

優美な顔と卑猥な腰の動きが、どうしても結びつかない。

（こんなやさしくていい人なのに、こんな赤裸々な腰の動きをする）

昂奮のパルスが脳天を貫いて、靖彦は無我夢中で指マンをする。ぐちゅぐちゅといやらしい音がして、

「んっ……んっ……ぁああ、ダメっ……！」

沙弥は顔をのけぞらせ、左右に振りながらも、下半身は気持ちとは裏腹に、もどかしそうにせりあがってくる。

あそこをぐちゅぐちゅいわせながら、靖彦は乳首を舐めしゃぶり、吸い、ふくらみを揉みしだいた。

「あああ、あああ……」

沙弥はぎゅっと目を閉じて、布団のシーツをつかんでいた。

その姿を見ているうちに、猛烈にしゃぶってほしくなった。この前、初めてフェラ

チオされたときの夢のような感覚をまた味わいたくなったのだ。

胸から顔を離したとき、

「ちょっと待っていて……」

沙弥が立ちあがり、足元の覚束《おぼつか》ない様子で、ドアの内鍵をかけ、天井からさがっている蛍光灯のスイッチを切った。

それから、布団の枕元に置いてあった、和風の枕明かりを点ける。

黄色い明かりが和紙を通じてあたりに散り、そのぼんやりした照明を浴びながら、パジャマを脱ぎはじめた。

「真一郎さんはこれまでもここに来たことはないから、来ないと思う。でも、部屋ひとつ隔てたところにお義父さまが寝ていらっしゃるから……」

沙弥が上着を脱ぎながら言う。

一階は、リビング、キッチン、バスルーム以外の三部屋は、和室好きの父のために、すべて和室になっていた。隣も和室になっていて、その向こうが父の部屋になっている。

隣の和室は今、誰も使用していないので、荷物置き場と化している。

兄も父もいる同じ屋根の下で、絶対にしてはいけないことをするのだから、気にならないと言えば、ウソになる。しかし、体を満たす強烈な期待感がそんなものを押し流してしまう。

「わたしが大きな声を出しそうだったら、わたしの口を押さえて。わかった？」

「はい……！」

やった、やったぞ——靖彦は内心で歓喜雀躍《かんきじやくやく》しながら、パジャマの下とTシャツを脱ぎ、さらに、ブリーフもおろした。

ぶるんとこぼれでたイチモツがすごい角度でいきりたっていて、それが誇らしくもあった。この前は恥ずかしいだけだったのに……。

同時に一糸まとわぬ姿になった沙弥が、ちらりとそれを見て、言った。

「咥えてほしい？」

「ああ、はい……咥えてほしいです」

「じゃあ、ここで立っていて」

靖彦は布団の上で両足を踏ん張った。

3

（きっと、これは仁王《におう》立ちフェラに違いない！）

アダルトビデオで見て、これをやってもらったら最高だと思っていた。

期待で胸が高鳴り、あそこもますますギンとしてきた。

色白の裸身が靖彦の前でひざまずいた。

たわわすぎる乳房とツンとした乳首、きめ細かい絹のような肌、下腹部の黒々とした繊毛を、枕明かりが黄色く浮かびあがらせている。

沙弥は黒髪をかきあげ、顔を横向けて、ちらりと見あげてくる。

視線が合うと、恥ずかしそうに目を伏せ、いきりたつものに、ちゅっ、ちゅっとキスを浴びせてきた。

それから、屹立をつかんで、その先端の丸みに舌をからませ、そこが唾液で光ってくると、顔を横向けて、亀頭冠を舐めてくる。

ギンとなったカリとその下側に丁寧に舌を這わせて、ぐるっと一周させた。

その間も時々、ちらっ、ちらっと見あげて、愛撫のもたらす効果を推し量《おしはか》るような顔をする。

「き、気持ちいいです……」

伝えると、にこっとして、今度は裏筋に舌を這わせる。

いきりたつものの裏側の筋を、なめらかな舌でツーッ、ツーッとなぞりあげる。途中でジグザグに舌を走らせる。

それが終わると、ぐっと姿勢を低くして、睾丸袋を舐めてきた。

「ああ、すごい……！」

最愛の兄嫁が、自分のキンタマを舐めてくれているのだ。

義姉さんがこんなことをしてはいけない……とも思う。

しかし、袋が唾液でぬるぬるになるほど舐められると、そんなことはどうでもよくなった。

沙弥は片方の睾丸を口に含んで、くちゅくちゅと転がしてくる。

それから、ちゅるっと吐き出して、もう一方のタマも呑み込むようにして口腔におさめる。

「あああ……！」

大きな声をあげてしまい、ダメだ、聞こえてしまうと、靖彦は口を噤《つぐ》む。

沙弥のなめらかでよく動く舌が這いあがってきた。

上から亀頭部に唇をかぶせて、一気に奥まで頬張った。

その状態でくちゅくちゅと肉棹に舌や頬粘膜をからませ、吸う。繊細な頬が大きく凹んでいる。

(ああ、気持ちいい……なかで舌が……！)

沙弥が唇をすべらせながら、顔を傾けたので、片方の頬がぷっくりとふくれあがった。

(ああ、これって、ハミガキフェラじゃないか！)

アダルトビデオでも見ていたあのハミガキフェラを、沙弥がしてくれているのだ。

二十歳にして童貞だった靖彦には、自分もこうされたいという願望と、僕なんか絶対に無理だ、誰もやってくれないだろうという気持ちが同居していた。

夢のようだった。

それが今、正真正銘のハミガキフェラを受けているのだ。

仁王立ちフェラだってそうだった。半ば諦めていたことを、兄嫁の沙弥がしてくれているのだ。

(ああ、すごい。すごすぎる……！)

沙弥が顔を振るたびに、頬のぷっくりとしたふくらみがゆっくりと移動する。まるで頬張ったピンポン玉が動いているみたいだ。それほど、頬は丸くふくらんでいる。

亀頭部が頬の内側の粘膜に擦れて気持ちいい。それ以上に、憧れの義姉がハミガキフェラをしてくれているという精神的な悦びが大きい。

顔を斜めに向けたまま沙弥が、髪をかきあげてちらりと見あげてきた。

（ああ、色っぽすぎる……！　僕みたいな男にここまでしてくれて……僕、義姉さんのためなら何だってするよ！）

そんな気持ちを込めて見ると、沙弥はふっと目を伏せ、今度は顔を反対側に傾けた。さっきと違うほうの頬がぷっくりとふくらみ、ハミガキをしているようにふくらみが移動する。

（あなたが好きだ。こんなに女の人を好きになったのは初めてだ！　ぁああ、気持ちいい……！）

靖彦は天井を仰ぐ。

しばらくすると、沙弥はまっすぐに頬張ってきた。

ぐっと奥まで咥え込み、ゆったりと引きあげていき、亀頭冠を中心に唇を往復させる。ぐちゅぐちゅといやらしい音がして、Oの字に開いた赤い唇がめくれあがりながら、吸いついてくる。

そこに、指が加わった。根元をぎゅっと握られて、しごかれる。そうしながら、先のほうをしゃぶられると、どうしようもなく快感がふくれあがってきた。

「ぁああ、ダメだ。出ちゃう！」

思わず訴えると、沙弥はちゅるっと吐き出して、

「今度は、靖彦くんがするのよ」

そう言って、真っ白な布団に仰向けに寝た。

「キスして……」

沙弥が下から大きな目で見あげてくる。

靖彦は上から覆いかぶさるように唇を重ねていく。ぷるるんとした唇に唇を押しつけていると、沙弥は靖彦の顔を挟みつけるようにして引き寄せ、激しく唇を吸い、舌を口腔に差し込んでくる。

（ああ、蕩けていく……！）

つるっとした舌を味わっていると、股間のものがギンギンになって、苦しいほどになった。

挿入したい。だけど、それはあくまでも靖彦の感情であって、男は女を愛撫で気持

ち良くさせて、そこで初めて挿入するものだ。そういうふうに、セックス関連の記事には必ず書いてある。

我慢して、キスをおろしていった。

浮きだした鎖骨から、見事なふくらみを示す乳房へと顔を移していく。薄紅に色づく乳輪から、乳首がせりだしている。そこに貪りつくと、

「ぁあああぁ……くっ！」

沙弥が顔をのけぞらせ、洩れてしまった声を、手の甲を押し当てて防いだ。

(ああ、感じてくれている！)

靖彦は焦る気持ちを抑えて、突起をやさしく舐める。ねっとりと上下に舌を這わせ、それから左右に撥ねる。

二度目だから、少しだけ余裕があった。

(女性は両方の乳首を同時に愛撫したほうが感じるって、記事に書いてあったたな)

靖彦はもう一方の乳首にも貪りついて、唾液をまぶした。

そっちの乳首を指でかるくつまんで、くりくりと転がした。そうしながら、もう一方の突起を舐める。上下左右に舌を走らせ、かるく頰張るようにして吐き出すと、

「ぁあん……気持ちいいわ。靖彦くん、それ気持ちいい……」

沙弥が下から言う。

自信がついて、片方の乳首を吸ったり、舐めたりしながら、もう一方の乳首を指でくにくにと捏《こ》ねる。両方の乳首がどんどん硬くしこってきて、

「んっ……んっ……ぁあああうぅ、靖彦くん、上手よ。この前より、すごく上手になってる」

沙弥が大きな目を向けてきた。アーモンド形の目が涙ぐんだように潤んでいる。

(そうか……女の人は感じると、瞳が潤んでくるんだな。すごく色っぽい……)

靖彦は乳首を変えて、片方の突起に舌を這わせ、もう一方を指で捏ねる。それをつづけていると、

「ぁああ、あああ……気持ちいいの……気持ちいい……ぁあうぅぅ」

そう言う沙弥の下半身がせりあがってきた。

まるで、ここにも触ってとでも言うように黒い翳りが持ちあがってくる。

(よし……!)

靖彦は顔をおろしていき、体を足の間に入れて、膝を持ちあげた。すこし持ちあがった女の谷に顔を寄せる。

仄《ほの》かな性臭とともに、蘭《らん》の花に似た花弁に舌を這わせた。濡れた粘膜が舌にまとわ

りついてきて、

「あああぁぁぁ……」

沙弥は心から気持ち良さそうな声を長く伸ばし、これでは聞こえてしまうと気づいたのだろう。手のひら全体を口に押し当てて、喘ぎを自ら封じた。

靖彦にはクンニの仕方がよくわからない。

ただただ本能に任せて、いっぱいに出した舌で狭間をなぞりあげる。それを何度も繰り返していると、沙弥の下半身が震えはじめた。

「あああうぅ……うっ……うっ……」

洩れてしまう喘ぎをふせごうと、左手も動員して、右手に重ねる。それでも、靖彦がひたすら狭間を舐めていると、こらえきれないとでもいうように、

「ううう っ……ううっ……あっ……あっ……うぐ」

沙弥の手のひらと口の隙間から、くぐもった声が洩れてしまう。

(そうだ、確か女性はクリトリスがいちばん感じるんだったな)

目を凝らすと、繊毛が流れ込んでいる笹舟形《ささぶね》の交わる上部に、フードをかぶった肉の芽がぽつんとせりだしていた。

(これが、クリちゃんに違いない)

顔を寄せて舐めてみた。だが、どうも位置がはっきりしない。

(こういうときは、確か……)

指を根元に添えて、上に引っ張ってみた。すると、フードがつるっと剝けて、薄紅色に輝くポリープみたいなものがぬっと現れた。

(ああ、これが本体なんだな)

位置をさぐりながら、舌でその突起をなぞりあげると、

「ぁあああ……！」

沙弥はまた声をあげてしまい、いけないとばかりに口に手のひらを強く押しつけた。

はっきりと舐めているという実感がない。それでも、見当をつけて舌で上下になぞり、れろれろっと横に弾くと、

「くっ……くっ……ぁあああ、許して……そこ、弱いの。靖彦くん、もうしないで、お願い……ぁあうぅぅ」

沙弥が下腹部を突きあげてきた。

(感じている。沙弥さん、すごく感じてくれている！)

靖彦は夢中でそこを舌で弾いた。つづけていると、沙弥の腰が小刻みに震えはじめた。

「ああ、あああ……もうダメっ……靖彦くん、お願い。もう、欲しい」

沙弥が顔を持ちあげた。その切羽詰まった哀願するような表情が、靖彦を有頂天にさせる。

（すごい、すごい……沙弥さんがついに……！）

昂奮で耳鳴りがしてきた。

4

靖彦は顔をあげて、勃起をつかみ、なかに入ろうとする。しかし、膣口の位置がよくわからない。

そのへんをさぐりながら突いていると、沙弥が自ら足をあげて、イチモツをつかんだ。

「ここよ……」

導いてくれる。

靖彦が慎重に腰を進めていくと、切っ先が周辺を突きながらも、潤みきった箇所に潜り込む感触があった。上手く入るように角度を変えたとき、それが熱い滾《たぎ》りをこじ開けていく確かな感触があって、沙弥は片方の手のひらを口に当てて、のけぞりながら、もう片方の手でシーツをつかんだ。

「ぁあああ……くぅぅ」

（おおぅ、すごい……！）

靖彦も奥歯を食いしばる。そうしないと、すぐにでも放ってしまいそうだった。

温かい。

沙弥はお腹のなかに何か生き物でも飼っているのだろうか、柔らかな粘膜が生き物のようにうごめきながら、勃起を締めつけてくる。

（ぁあ、動いてる。なかが……）

少しでもピストン運動したら、すぐにでも発射してしまいそうで、靖彦は深く挿入したまま、動きを止めている。

「来て……」

沙弥に呼ばれて、上体を倒した。

「キスして」

言われたように唇を重ねた。すると、沙弥の舌がねっとりとからみついてくる。

驚いたのは、沙弥の膣がぎゅ、ぎゅっと肉棹を締めつけてくることだ。

「んんっ……ぁああ、ダメです」

靖彦は顔をあげて、訴えていた。

「ふふ、何がダメなの？」

「……義姉さんのあそこが締まってきて。だから……ぁああ、また……くっ！」

「また、締まってきた？」

「はい、締まって……あっ、ぁあああ、ダメです。くっ……！」

「シーッ！」

沙弥が口の真ん中に人差し指を立てた。

同じ屋根の下に、兄も父も寝ているのだから、大きな声を出してはいけないのだ。

「ああ、すみません……」

「いいのよ……胸を触って……できる？」

「ああ、はい……」

靖彦は片方の手で、たわわな乳房をつかんだ。靖彦は男としても手のひらは大きいし、指も長いほうだ。その手で覆いきれないふくらみが、指からはみ出してしまっている。

まるで、グレープフルーツを二つくっつけたみたいだ。

しかも、その頂上には濃いピンクの突起が、それとわかるほどにピンと勃っている。

乳房を揉みながら、背中を曲げて、乳首にしゃぶりついた。

指でくびりだした先端にちろちろと舌をからませると、

「ぁああ……あああ、気持ちいい……靖彦くん、気持ちいいわ」

沙弥が心から感じている声をあげて、くくっと顎をせりあげる。

(よし、これでいいんだ！)

靖彦は交互に乳首を舐める。ウグイスの谷渡りのごとく、右の次は左、左の次は右と口を移して、積極的に舐め、吸う。

それをしていると、「ぁあああ」という悩ましい喘ぎとともに、沙弥の腰がもどかしそうに振りあがった。

勃起したペニスのように硬くなった乳首を舐めながら、訊いた。

「どうしてほしいんですか？」

「……突いて……」

沙弥が恥ずかしそうに言う。

靖彦は片方の乳房をつかみながら、ゆっくりと腰を入れる。

沙弥は足をM字に開いて、腰にからみつかせている。その足を撥ね除けるように腰

を動かすと、いきりたちが熱く滾った義姉の膣粘膜をゆっくりと大きく擦りあげていき、

「んんんっ……んっ、あっ……んっ、あっ……ぁあああ、欲しい。靖彦くん、もっともっとちょうだい！」

沙弥がせがんできた。

こちらを見るその目が、黄色い枕明かりを反射してきらりと光る。潤んでいるせいで、泣いていているみたいで、すごく色っぽい。

（ああ、義姉さん……！）

たまらなくなって、腰を叩きつけた。腕立て伏せのように両手を立て、腰を振って叩き込んでいく。怒張しきったイチモツが義姉の体内深く突き刺さっていき、

「んっ……んっ……あんっ……あんっ……」

沙弥は手のひらを口に当て、さらに、その上からもう片方の手を重ねるようにしている。それでも、喘ぎは抑えきれない。

もっと深く打ち込みたくなった。

上体を立てて、沙弥の膝裏をつかんで、持ちあげながら開いた。ＡＶの好きな男優がよく使う体位だった。

膝裏をつかむ指に力を込め、ぐっと前に体重を乗せながら力強く打ち込んでいく。

「ぁああ、ダメっ……これ、ダメっ……ぁあうぅ、あん……あんっ……あんっ……ぁあああ、許して！」

沙弥が顔を持ちあげて、訴えてくる。

今にも泣きださんばかりに眉を八の字に折り、涙目で「許して」と哀願してくる。

そんな兄嫁に、靖彦のボルテージは撥ねあがる。

（すごいぞ、僕……沙弥さんをこんなに悦ばせているんだ！）

だが、気づいたときには、靖彦も瀬戸際まで追い込まれていた。この体位だと、挿入が深くなって、邪魔ものなしでまっすぐに届いている気がする。

深く入っている分、勃起が膣のとろとろの粘膜に包まれる面積が多くなって、全体を搾りあげられている。

「ぁああ、くっ……出そうだ！」

「いいのよ、出して……ちょうだい。いいのよ」

沙弥が下からとろんとした目を向けてくる。

「ぁああ、出そうだ。出る……！」

つづけざまに打ち込んだとき、靖彦は絶頂へと押しあげられた。

放ちながら、唸った。

これ以上の快感が他にあるとは思えない。それほどの至福の矢が靖彦を貫いていった。

放ち終えて、すぐ隣にごろんと寝転んだ。

天井板が様々な節目を見せ、天井から吊るされた円形蛍光灯は消されて、青白い明かりだけが不気味に光っていた。

沙弥はイッたのか、イカなかったのか、多分、昇りつめてはいないだろう。

しばらくぐったりとしていた沙弥がいったん上体を起こし、それから、胸板にキスをしてきた。

枝垂れ落ちる黒髪をかきあげ、ちゅっ、ちゅっとついばむようなキスをする。それから、乳首を舐めた。

ぞわっとした快感が流れ、射精したはずの分身がわずかに力を漲らせてきた。

すると、それを見た沙弥が、

「すごいね。さっき出したばかりなのに、もうこんなになった……」

下半身を見てふっと微笑み、そのまま顔を下へと移していった。

なめらかな舌が肉茎に触れた。付着している精液とラブジュースを舐めとってくれる。

（ああ、これって、お掃除フェラじゃないか！）

靖彦は感激に酔いしれた。

今夜は、これまで体験したくてもできなかったことを、沙弥が実現させてくれている。

（すごい……沙弥さんはほんとうにすごい！）

下から上へと這いあがっていた舌が、今度は上から亀頭部の丸みの割れ目を舐めてきた。両側から圧迫されて、開いた鈴口に沙弥は唾液を垂らし、それを塗り込めるように舌を這わせる。気持ち良すぎた。

「ツーッ、あっ……くっ……」

「大丈夫？」

「はい……気持ちいいです」

「すごいね。もう、こんなにカチカチ……まだ大丈夫そう？」

「はい……全然、平気です」

「まだ、したい？」

「はい、もちろん」

きっぱり答える。すると、沙弥がこちら向きで、下腹部にまたがってきた。下を向いて、勃起をつかみ、M字に開いた太腿の奥に擦りつける。黒々とした翳りの底を先端の丸みがすべっていき、

「……あっ……んっ……あっ……」

それだけで、沙弥はくぐもった声を洩らした。

きっとさっきイケそうでイケなかったので、身体が求めているのだろう。

これが大人の女なのだと思った。義姉の肉体は兄によって開発されて、とても貪欲になっているのだ。一度火が点くと行くところまで行かないと、満たされないのだろう。

沙弥が沈みこんできた。

勃起が熱いぬかるみに吸い込まれていくと、

「ぁあああぅぅ……！」

沙弥はがくんと顔をのけぞらせ、「くぅぅ」と唇を嚙みしめた。

それから、もう一刻も待てないとでもいうように、腰を振る。

両手を前に突いて、悩ましくくびれた細腰を中心に、下半身を前へとせりだし、後ろに引く。

根元まで呑み込まれた肉柱がなかの潤みきった粘膜を捏ね、切っ先が奥のほうをぐりぐりしている。

靖彦はさっき放出したばかりなので、どうにか耐えられる。

「ぁあぁ、恥ずかしい……わたし、おかしくなってる、おかしく……ぁあぁあうぅ」

顎を突きあげながら言う。

腰の揺れはどんどん激しく大きくなっていき、靖彦は硬直を揉みくちゃにされる歓喜を必死にこらえた。

すごい光景だった。

上になった義姉のたわわな乳房が波打ち、腰から下が何かに憑《つ》かれたように、くい、くいっと前後左右に揺れている。

乱れた髪が肩や胸元に枝垂れ落ちて、身悶えをするその色白の肌を枕明かりの間接照明がいっそう陰影深く浮きあがらせていた。

「ああ、いや……見ないで」

いやいやをするように首を振りながらも、沙弥の腰は活発に動いた。

両膝を立て、それから、尻を持ちあげた。

勃起が抜ける寸前まで振りあげて、そこから落としてくる。

ピタン、ピタンと尻と下腹部がぶち当たる音とともに、ねちっ、ねちっと粘着音も聞こえて、それが恥ずかしいのか、

「いや、いや、この音……」

沙弥は激しく首を振って喘いだ。

そうしながらも、靖彦の胸に両手を突いて、前屈みになり、腰を振りあげ、振りおろす。

「あん、あんっ、んっ……ぁああ、恥ずかしい……イキそうなの……イッていい？」

沙弥が許可を求めてくる。

「いいですよ。いいですよ……僕も気持ちいい！」

「ぁあああ、イク、いく、イッちゃう……！　うあっ！」

沙弥が上で跳びはね、絶頂に達したのか、動きを止めて、のけぞった。

がくん、がくんと裸身を躍らせている。

イッているのだ。自分の腹の上で昇りつめているのだ。

靖彦は昂奮の極地にいながらも、絶頂に達する兄嫁の姿をこの目に焼きつけておきたくて、じっと沙弥を見つめつづける。

しばらくして、エクスタシーの波が去ったのか、沙弥が瞑《つむ》っていた目を開けた。途

端に、

「あっ……！」

沙弥の上のほうを眺めていた目がカッと見開かれて、一点に注がれた。

（えっ、何だ？）

靖彦もとっさに視線の方向を見た。そこは、隣室の和室との境の壁があって、上のほうは欄間《らんま》になっている。

誰かが欄間からこちらを覗いていて、冷静になった沙弥がそれを目撃したのではないか、と考えた。

しかし、透かし彫りになっている欄間にはまったく異常はない。誰かが覗いているということもない。いや、もしかして、沙弥の視線に気づいて、顔を引っ込めたのか？

不安になって訊いた。

「義姉さん、何？」

「ゴメンなさい。欄間から誰かが覗いているような気がしたんだけど、見間違いだったみたい。ゴメンね」

沙弥はそう言って、靖彦の下半身から降りた。

「靖彦くんはもう部屋に戻りなさい」

パンティを穿きながら、言う。

「だけど……」

靖彦は下腹部でいきりたっているものをちらりと見た。

「ゴメンね。でも、危険だわ。見間違いだったけど、でも、もし覗かれたりしたらと思うと……ゴメンね」

そう言って、沙弥が靖彦のパジャマを差し出してきた。

「わかった……うん、やっぱり危険だよね、帰るよ」

靖彦は何かおかしいなと思いつつも、パジャマをつけはじめた。

第五章　義父の変貌

1

二日後の午前中、沙弥が家事を終えて、リビングで休んでいるとき、義父の達生がやってきた。

深刻な顔をして、自分の定位置の肘掛け椅子に腰をおろし、何か言いたげに沙弥を見ている。

今、この家には真一郎も靖彦もいなくて、二人だけだ。

このときを待っていたのだろう。話したいことはわかる。一昨日、達生は欄間から沙弥と靖彦の情事を盗み見ていた。欄間の隙間からロマンスグレーの髪が見えたから、あれは真一郎ではなく、義父だった。

そのことで、達生は沙弥を問い質《ただ》したいのだろう。叱責されることは覚悟している。

沙弥はソファに座り直して、居住まいを正した。

それを待っていたかのように、達生が口を開いた。

「この前のことだが……」

沙弥は顔をあげて、義父を見た。とても複雑な顔をしていた。それはそうだろう、兄嫁が弟の上で腰を振っていたのだから。

「覗きをしてしまって、申し訳なかった。トイレに立って部屋の前を通りかかったら、あなたの声がしていたので、ついつい……申し訳なかった」

てっきり叱責されるものと思っていたので、達生が頭をさげたのには驚いた。

「いえ……お義父さま、頭をあげてください。もともと、私がいけないんです。お義父さまが謝る必要はありません」

思いを言葉にすると、顔をあげた達生が言いにくそうに訊いてきた。

「なぜ、あんなことになったんだ？　聞かせてくれないか？」

「……はい。じつは……」

きっと訊かれるだろうと思って、用意していたことを話しはじめた。

真一郎が博多への出張の間に、部下のＯＬと同衾《どうきん》していた。そのことを、かつての同僚で今は課長をしている女の友人に訊いたところ、二人の不倫はすでに会社でもウワサになっていて、沙弥には申し訳ないが、二人は間違いなく肉体関係があると思っている、あなた裏切られているわよと警告された。

真一郎が帰宅したときそれを問い質したところ、彼はシラを切り、「そんなくだらないことを信じているなら、もうお前は必要ない。家から出ていけ！」と逆ギレされ、沙弥は家を飛びだしてしまった。

すぐに靖彦が追い駆けてきてくれて、靖彦とともに海岸に行った。そこで、靖彦はやさしい言葉をかけて自分を慰めてくれた。

帰りにホテルに寄って、靖彦に抱かれた。そのときは一回だけという約束だったが、この前、真一郎と喧嘩をして部屋に逃げ込んだときに、また靖彦が慰めに来てくれた。求められて、ついついまた身体を許してしまった……。

話し終えると、達生はフーッと長い溜め息をついた。

「真一郎はダメだな。あいつの父親として謝るよ。私の教育が悪かった。あいつを甘やかしすぎた。申し訳ない」

そう言って、また達生は頭をさげた。

「お義父さま、やめてください。これは夫婦の問題ですし……それに、わたしがいけないんです。靖彦くんによくしてもらって、すごく、わたし……でも、してはいけないことをしてしまった。すみません」

今度は、沙弥が頭をさげる番だった。

「……それに関しては、私もあなたを弁護できないな」

そう言う達生の目が、険しいものに変わっていた。

どんな事情があるにせよ、義理の弟と肉体関係を持った嫁を許せるはずがない。温厚な義父が見せた厳しい視線に、沙弥は現実を突きつけられた気がした。

達生が何かを思いつめたように言った。

「悪いが……出ていってくれないか？　この家から」

愕然として、沙弥は訊き返した。

「えっ……？」

「出ていきなさい。義理の弟と関係を持った女とは一緒にいられない。出ていきなさい……今すぐに！」

温厚な義父のまさかの言葉に、沙弥は心臓が止まるかと思った。

（真一郎さんが……靖彦くんも……だから……）

一瞬、脳裏を言い訳がよぎった。だが、それを言えば、自分が惨《みじ》めになるだけだ。

義弟に抱かれたという事実に変わりはないのだから。

「……わかりました。申し訳ありませんでした……」

沙弥は席を立ち、二階へとつづく階段をあがっていく。

何か悪い夢でも見ているようだ。

これが現実だとは思えない。いや、認めたくない。

夫婦の寝室に入ると、急に熱いものが込みあげてきた。悔しさや後悔や憤《いきどお》りが一緒くたになってせりあがってきて、胸が詰まった。

「うっ、うっ、うっ……」

ベッドの前にしゃがみ、突っ伏した。

嗚咽《おえつ》が込みあげてきて、抑えられない。

そのとき、コンコンとドアをノックする音が響いた。

「私だ。開けてくれないか?」

達生の声がする。

「……どうぞ」

声をかけると、義父が入ってきた。渋い作務衣を着たロマンスグレーの義父が、入口で沙弥のほうを見ている。

沙弥はとっさに涙を拭いて、立ちあがった。

「すみません。みっともないところを見せてしまって」

涙を拭いていると、達生が近づいてきた。あっと思ったときは、正面から抱きしめられていた。

「悪かった。さっきの言葉は忘れてくれ」

「えっ……？」

「ずっと家にいてほしい。今までのように私の面倒を見てほしい。あなたがいなくなったら、困るんだ」

「ありがとうございます。でも、わたしは靖彦くんと……」

「それはもう言うな。ただし、条件がある。靖彦とはもう金輪際《こんりんざい》、関係を絶ってくれ。言っていることはわかるな？　靖彦は確かに、やさしいし、純粋だし、真一郎とは違う。親の目から見ても、いい子だと思う。だから、あなたがこうなったのもわからないではない。しかし、あいつは真一郎の弟なんだ。わかるな？」

「……はい」

「靖彦があなたにせまっても、きっぱりと断ってくれ。そうすれば、あいつだってそのうちに……頼む。これは、靖彦のためでもある。靖彦を救ってやってくれ。頼む」

義父の言葉が胸に突き刺さった。

そうなのだ。今、靖彦と関係を断ち切らなければ、彼を苦しめることになる。それは、義父の言うとおりだ。

「……わかりました」

「わかってくれたか？」

「はい……」

「ありがとう、沙弥さん」

達生がぎゅっと抱きしめてくれる。整髪料の香りがして、身体のなかで何かがざわついた。

「すみませんでした、お義父さま」

「いや、いいんだ。私こそ……」

抱きしめてくれるのはありがたい。許された気がする。しかし、どういうわけか、義父はハグしたまま離れようとしない。

気まずくなって身体を離したとき、義父が沙弥の身体をまたぐっと抱き寄せた。

「あの……？」

「沙弥さんを実際の妻のように思ってきた……」

「はい……わたしも、奥さまの代わりになれればと……」

「もちろん、それがうちの嫁としての気づかいだってことはわかる。ただ……私のほうが本気になってしまった」

「えっ……？」

沙弥はびっくりして、達生をまじまじと見た。

「沙弥さんに惚れてしまったんだ……長い間こんなふうにはならなかった。確かめてみてくれ」

そう言って、義父が沙弥の手を取って、下腹部に導いた。

驚いた。硬くなったイチモツが作務衣のズボンを突きあげていた。

ハッとして手を外すと、その手をまた股間に押しつけられた。それはほんとうに元気で、ズボン越しにでもそそりたっているのがわかった。

「すごいだろ？　こんな元気になったのは、何年かぶりなんだ。この前の夜、あなたが靖彦とあれしているところを見た途端に、こうなった。さっき、あなたに出ていけと言ったのも、じつは、自分自身が不安だったからだ」

達生はそう言って、抱きついたまま、体重をかけてきた。

あっと思ったときは、後方のベッドに押し倒されていた。

どうにかして逃れようとした。だが、達生はのしかかってくる。

(まさか、あんなにやさしく温厚なお義父さまが……！)

呆然としている間にも、

「沙弥さんが私を狂わせる。こんなことはしてはいけないことはわかっている。だが、止められないんだ」

達生が耳元で言い、ブラウスの胸をまさぐってくる。

「やめて……お義父さま、冷静になって……こんなこと、こんなこと……」

泣きたくなった。これでは、靖彦と同じだ。いや、もっとどうしようもない。

(きっと、悪夢を見ているんだわ。これまでわたしを護《まも》ってくれたお義父さまが、こんな野蛮なことをするはずがない！)

だが、達生は獣欲にとり憑かれてしまって、自分を見失ってしまっているのだろう。

ジタバタする間にも、スカートをまくりあげて、太腿の奥に手を入れてきた。

「あっ、やっ……！」

太腿をよじり合わせ、半身になってそれをふせいだ。

「やめてください。ほんとうにいやなんです！　お義父さまを嫌いになりたくないんです！」

必死に言うと、少しは正気に戻ったのか、達生が体を引いた。

よほど反省したのだろう、いきなりベッドに正座した。

「も、申し訳ない。私を嫌いにならないでくれ。あなたに嫌われたら、私は……申し訳ない」

そう言って、深々と頭をさげた。

いいえ、大丈夫ですから、頭をあげてください——。

そう言おうとしたとき、達生の視線を感じた。

義父は頭をさげながらも、どこか一点をじっと見ている。

何を見つめているのかはすぐにわかった。

沙弥は足を流して座っていた。紺色のボックススカートがたくしあがっている。そして、義父はその奥をじっと見つめているのだ。

今日は純白のレースの刺しゅうの入った下着をつけていた。

ハッとして太腿を締め、見えないようにした。と、達生が言った。

「見せてくれないか……沙弥さんに嫌われるのはいやだ。だから、何もしない。だが、見せてほしい。見せてほしい。私は何もしない。見ているだけだ。約束する。頼む！」

達生が額をシーツに擦りつけた。

狡《ずる》いわ。お義父さまにそんなに頭をさげられたら――。

「お願いです。頭をあげてください」

「いやだ。沙弥さんが見せてくれるまでは……」

達生がそう言ったので、沙弥は胸を打たれた。

プライドの高い義父が下着を見たくて、土下座しているのだ。

駄々っ子みたいな義父が愛おしくなった。

お義母さまを二年前に亡くし、それ以来、おそらく女性に触れていないのだろう。

まだ六十五歳で、性欲が枯れてしまう時期ではない。一昨日、二人の情事を盗み見てしまってから、憤りを感じながらも、どこかで悶々としてきたのだろう。

これ以上、逆らうのは自分の意にはそぐわない。

沙弥は覚悟を決めて、おずおずと膝を立てた。

こうすれば、スカートに余裕ができて、奥のほうまで見えるはずだ。

気配を感じたのだろう、達生がためらいながらも顔をあげて、動きを止めた。食い入るように、スカートのなかを覗いている。

2

感じる。義父の熱い視線が熱い。
(ああ、恥ずかしいわ……許して)
沙弥は足を閉じたい気持ちをこらえた。
すると、達生は這いつくばるようにして近づいてきた。食い入るように見つめてくる。
(ああ、お義父さまが見ている。あんなに目をギラギラさせて……!)
下半身が火照《ほて》ってきた。義父の視線の注がれているその一点が、ジーンと痺れている。
(ぁあああ……ぁああうぅ……!)
身体が動いていた。立てたほうの膝を少しずつひろげていく。
(ああ、お義父さまが見ている!)
灼けつくような羞恥が全身を満たしている。
恥ずかしくてたまらない。だが、やめられない。

この前も同じだった。

靖彦に夫婦の寝室を覗かれたときも、体中が火照ってきて、見せつけでもするように腰を振っていた。

（ああ、わたしきっと……！）

恥ずかしい。恥ずかしすぎる。

だが、身体がわたしを裏切る——。

気づいたときは、ぐっと大きく足を開いていた。

すると、義父が「おおぅ」と声をあげ、顔を寄せてきた。

（ああ、いや……匂いが……いやらしい匂いを嗅がれてしまう！）

義父の目が見開かれ、その一点を食い入るように見ている。作務衣ズボンのあそこが小高く張りつめていた。

（ああ、あんなにして……！）

強いパルスが下腹部を貫いた。

沙弥は足を鈍角に開いた。普段はしない動きに、股関節が悲鳴をあげ、その違和感に昂《たかぶ》ってしまう。

義父がズボンのなかに手を入れて、股間のものを握った。それをしごきながら、荒い息づかいで中心を見つめてくる。

（ああ、お義父さま……！）

達生のいやらしい指の動きが、沙弥を突き動かした。

足を開いたまま、湿ったクロッチに指を当てた。

静かにすべらせた。ひと擦りするだけで、叫びたくなるような峻烈な情感がうねりあがってくる。

「恥ずかしいわ……お義父さま、恥ずかしいわ……ぁあああ、あああうぅ」

そう口走りながらも、そこをさすっていた。

すぐに濡れてきて、クロッチを擦るたびに、ねちっ、ねちっと淫靡な音がする。この音は身体のなかでしているのだろうか？　それとも、義父にも聞かれているのだろうか？

恥ずかしくてたまらない。だが、気持ちいい。

「ああ、すごいぞ……沙弥さん、見せてくれないか？　あそこをじかに見たい。お願いだ……頼むよ」

達生がすがるような目をした。

細かいところまで見えてしまうこの距離で、女の秘所を義父の前にさらすことに、ためらいを感じた。

だが、達生がもう一度、頼むよと懇願してきたので、気持ちは変わった。

恥ずかしい、恥ずかしい……。

クロッチを横にずらすと、

「おおぅ、すごい……！」

達生がさらに顔を寄せてきた。

食い入るように見ている。そんなに珍しいものではないだろうに……。

「ここをひろげてくれないか？」

「いやっ……」

「頼むよ」

拒めなかった。沙弥は左手で下着を横にずらし、右手の中指と人差し指を添えて、V字に開いた。

達生がハッと息を呑むのがわかった。

「おおぅ、ぬるぬるしている。濡れているぞ。こんなに濡らして……」

熱い息がかかり、沙弥はその熱さにせかされるように指を開いたり、閉じたりした。

ネチッ、ネチッ――。

（……この音、いやよ……ぁあああ、どうしてこんなにいやらしい音がするの！）

心ではそう思いながらも、指の開閉を繰り返していると、義父がズボンを脱ぎだした。作務衣のズボンをおろし、足元から抜き取った。

ギョッとした。

義父の肉茎がすごい勢いでそそりたっていたからだ。しかも、黒ずんだ赤銅色にてかつく肉の柱は、随所に血管を走らせながら、むっくりと頭を擡《もた》げていた。

何かが下腹部でぞろりとうごめいた。

「……こんなになるのはひさしぶりなんだ。この前、わかったんだ。あなたを見ると、いきりたつ。元気が出てくる。ほら、すごいだろ？」

義父が無邪気に言って、勃起を握って擦りはじめた。

大人の余裕を持った人だが、どこか子供のようなところもあるのだと感じた。それを、かわいいと感じてしまう。

逞しくいきりたつものを口でかわいがりたくなった。しかし、そんなことはできない。達生は義父なのだから。

沙弥はその行為を見ながら、自らの花芯をいじった。

ぐちゅぐちゅという音に変わり、花芯がいっそう濡れてくるのがわかる。もう、ぐしょぐしょだ。

濡れた溝をさすりあげ、クリトリスをかわいがった。

蜜を塗りつけるようにしてまわし揉みすると、身体がおかしくなるような快感がうねりあがってきた。

「おお、すごい……！」

達生がせまっていた。

あっと思ったときは、後ろに倒されていた。

次の瞬間、足がすくいあげられ、パンティが脱がされていく。義父の顔があらわになった身体の中心に埋め込まれる。

「ぁああ、いや……お義父さま、いや……あうぅぅ！」

ぬらぬらした舌が這い、それが求めていたものであっただけに、芳烈な快感が身体を走り抜けていく。

「ぁあああ、ダメっ……お義父さま、それはダメっ……ダメだったら……はうぅぅうぅぅ」

「ぁああ、ずっとこうしたかった。安心しなさい、これ以上はしない。舐めるだけだ。触るだけだ……ぁああ、たまらないよ」

ジュルル――。

あふれでた蜜を啜《すす》りあげられる。

恥ずかしい。義父相手にこんなに濡らしている自分が恥ずかしい……。

しかし、両足を開かされて、敏感な部分を丹念に舌で転がされると、羞恥心よりも快美感が勝った。

「ぁああ、ぁああああ……！」

恥知らずな声があふれて、腰がくねってしまう。

すると、達生はクリトリスを舐めてきた。

とても上手だった。

もう六十五歳。たとえひさしぶりのセックスであっても、それ以前に長い経験を積んでいるのだ。

やさしく舌でなぞられ、強く弾かれた。

その間も、クリトリスの周辺を指で捏ねてくれている。

敏感になった肉芽をチューッと吸われたとき、脳天にまで突き抜けるようなパルスが流れて、気が遠くなった。

愛撫のひとつひとつに年季が感じられた。それは、真一郎とも靖彦とも違って、丹念でやさしく、女の性感帯を心得ていた。

欲しくなった。さっき見たあの逞しい肉の柱が欲しくなった。

でも、そんなことは言えない。絶対に性器結合だけはしてはいけない相手なのだ。

義父の手がスカートにかかった。

スカートをおろされて、剝きだしになった下半身を膝を閉じ合わせて、隠した。

すると、達生の手がブラウスにかかった。

「いやです……お義父さま、こういうのは、いやっ」

手で胸を防御しながら、達生を見た。

「わかっている。そういうことはしない。絶対だ。誓うよ……だけど、あなたの胸を触ってみたい。吸ってみたい……大丈夫、あれはしない。頼むよ」

そう言う達生の目が真剣そのもので、哀願に満ちていた。

沙弥はこの目に弱い。とてもノーとは言えなくなる。

「……信じますよ。ただ触るだけですよ」

「ああ、信用してくれ」

沙弥はいったん上体を起こし、自分からブラウスのボタンを外し、肩から抜き取った。

純白の刺しゅう付きブラジャーがさらされて、義父の視線がそこに注がれる。

「見ないでくださいね……大したものではありませんから」

そう言って、背中のホックを外し、ブラジャーを腕から抜き取った。

こぼれでた乳房を思わず隠した。

すると、達生がのしかかってきた。

腕をつかまれて、ぐいと開かれた。六十五歳とは思えないその力強さに驚いた。このくらいの歳では、男性はまだまだ力が衰えないのだろう。

「きれいだ。素晴らしい」

そう言う達生の瞳が輝いていた。

恥ずかしくて、死にそうだ。でも、こんなに悦《よろこ》んでくれるのだったら……。

達生は腕を放すと、その手で乳房をつかんだ。そっと包み込むようにして揉みながら、

「素晴らしい。柔らかくて、大きい。こんなきれいなオッパイは初めてだ。沙弥さんは性格もいいし、素晴らしい身体をしている。男はみんなあなたに夢中になってしまうんだろうな……舐めていいか？」

舐めてほしかった。乳房をかわいがってほしかった。

小さくうなずくと、達生が乳首を舐めてきた。

貪りつくのではなく、繊細に、とてもやさしく舌を走らせる。トップを柔らかく舐められると、快美感のパルスが流れ、

「あううぅぅ……！」

思わず声をあげていた。

達生はそれがうれしいのか、舌に力がこもった。ゆっくりと上下に舌が這う。それから、横に弾いてくる。

「あっ、くっ……いけません。いけま……あうぅぅ」

また声をあげてしまい、それが恥ずかしくてしょうがない。

しかも、達生は片方だけでなく、もう一方の乳房も揉みしだいてきた。柔らかく揉みあげながら、時々、乳首を捏ねてくる。

「硬くなってきた。沙弥さんは敏感だね」

自分でもしこっているとわかる乳首を舐めながら、義父が見あげてくる。

「……恥ずかしいです」

「そんなことはないさ。女性は感度のいいほうが、はるかにいい。あなたはほんとうに理想的な女性なんだね。こんな素晴らしい女性がいながら、他の女に手を出す真一

郎の気持ちがわからんよ」

そう言って、また乳首を舐めてきた。

義父の言葉がうれしかった。傷ついている心を癒してくれる。そしてまた、この人のためなら、何でもしてあげようという気持ちになる。

もう片方の乳首も丹念に舐めしゃぶられた。

「こうされると、弱いようだね」

乳首をチューッと吸われると、苛烈な歓喜が流れて、

「ぁあああぁぁ……！」

自分でもびっくりするような声をあげていた。

「敏感だ。打てば響くね。素晴らしい。沙弥さんほんとうに素晴らしいよ」

そう言われると、ますますこの人が愛おしくなった。

断続的に乳首を吸われ、もう一方の突起を指でかわいがられると、もう欲しくて欲しくてたまらなくなった。

下腹部が疼いて、ごく自然に腰が動いていた。

「ああ、あああ……」

欲しい、という言葉を呑み込んで、下腹部をせりあげていると、それを察知したの

だろう、義父の顔がさがっていった。

3

大きく足をひろげられ、羞恥の泉に吸いつくように舐められる。

「ぁあああ、いいの……いいの……」

恥ずかしいことを口走りながら、もっととばかりに腰をせりあげていた。

すると、達生はチューッと吸ってくる。

「うぁあああああぁぁ……！」

下腹部から脳天にまで突き抜けるような衝撃に、恥ずかしい声をあげていた。

達生は持ちあがった腰を支えながら、膣口のほうを舐めてきた。きっと位置があがって、そこに舌が届きやすくなったのだろう。

なめらかな舌で急所をなぞられて、その愉悦が子宮にまで響いた。次の瞬間、何かがぬるっと入ってきた。

義父の舌だった。

ここまで入れられるのか、と不思議なくらいに舌が膣のなかにすべり込み、しかも、ぐちゅぐちゅと出入りするのだ。

「ぁあああ、いや、いや……くっ、くっ……ぁあああぁぁ」

「気持ちいいか？」

義父が訊いてきた。

「はい……気持ちいい。お義父さまの舌、気持ちいい」

訴えると、達生はさらに舌を奥へと差し込み、吸いついてきた。舌がぬるぬると出し入れされる。

そのピストン運動をされているような衝撃に、

「ぁあああ、欲しい！」

思わずそう口走っていた。

「私だってしたい……だけど、それをしたら、靖彦と同じになってしまう。あなたに靖彦とはもうしないように言った。なのに自分でしたら……獣にはなりたくないんだ。してはいけないと、そう自分に言い聞かせているんだ」

達生はさすがに冷静な判断ができるのだと思った。そして、自分が欲しいと訴えたことが恥ずかしくなった。

「すみません……」

「いいんだ。だけど、あなたに満足してもらいたい。何か持っているんだろう、代用品を？　バイブとか、持っているなら、それを使ってみたい。ダメか？」

びっくりした。義父がそんなことを願っていることに。

「……恥ずかしいわ」

「何か持っているんだろ？」

「……一応」

「それを使ってみたい。出してくれないか？　沙弥さんがそれで気を遣《や》るところを見たい。あなたをイカせたい。頼む」

懇願されると、断れなかった。

それ以上に、膣に硬く太いものを打ち込んでもらって、疼きをおさめたかった。

ベッドから降りて、ドレッサーの引出しから、あのディルドーを取り出した。それを見せると、達生の表情が変わった。

「ああ、知ってるよ、それは……前に使ったことがある」

「えっ……お使いになったことがあるんですか？」

「ああ、まあ……」

達生は照れくさそうに言って、ディルドーを受け取り、吸盤を確かめ、

「これは、床に張りつくやつだな」

「……はい」

「そうか、経験があるんだな？」

とても、はいとは言えずに、うつむいた。

「よし、やってみよう」

そう言う達生の瞳が一段と輝いていた。

自分は義父という存在を見誤っていたのかもしれない。きっと過去には、想像以上に様々なことを体験してきたのだ。おそらく、男女関係においても。そうでなければ、あんなに愛撫が上手なわけがない。

達生はしゃがんで、吸盤をフローリングの床にドンと強く押しつけた。そして、外れないことを確認すると、

「悪いが、しゃがんで入れてくれないか？」

言葉では、悪いが、などと言っているが、それは命令に近かった。

そういうところのある人なのだ。そうでなければ、一流企業で部長職は務まらなかっただろう。そこを真一郎も受け継いでいるのかもしれない。

沙弥はうなずいて、ためらいながらも、床からそそりたっているディルドーをまた

いだ。

恥ずかしい。とても、人に見せられたものではない。しかし、義父は目を細めて、恥ずかしすぎる姿に見入っている。

そのギラギラした目を感じた途端に、身体の奥で何かがうごめいた。

「恥ずかしいわ、見ないでください」

そう言いながらも、そそりたっている本物そっくりの肌色の張形をつかんだ。

先端を恥肉に押し当て、馴染ませようと腰を振った。

すると、亀頭部に似せた丸みを帯びた先端が、ぬるっ、ぬるっとすべって、それがいかに自分が濡らしているかを伝えてきて、羞恥と裏腹の快感が流れた。

「ああ、いや、いや……」

腰を振っていると、達生が下半身でいきりたっているものを握りしごきながら、しゃがんだ。きっと、挿入部分を見たいのだろう。

以前に使用したとき、真一郎も同じことをした。親子だから似るのか、それとも、男はみんなこういう願望があるのだろうか？

「ああ、見ないで……見てはいや……」

口ではそう言いながらも、沙弥はひどく昂っていた。

視線が痛い。なのに、視線を浴びているところがカッと熱くなり、身体の奥底から何か得体の知れないうねりが湧きあがってくる。

充分に濡れたものを押し当て、思い切って腰を落としていく。

（ぁあぁ、入ってきた！）

硬く存在感のあるものが押し割ってくる。その容赦のない圧迫感に、あそこが悲鳴をあげた。悲鳴をあげながらも、悦んでいる。

「ぁあぁ、くっ……！」

硬いものに貫かれて、顔をのけぞらせていた。

「くっ……くっ……」

「動いてごらん」

達生がせかしてくる。

「ああ、いや、いや、見ないでください」

そう言いながらも、沙弥は腰を前後に振っていた。

命を持たないシリコンが体内を掻きまわしてくる。冷たい。本物のように温かくない。だが、表面はとてもソフトな素材でできているので、冷たさを除いては、感触は本物に似ている。

それが膣の粘膜をずりずりと擦ってくる。

「ぁああ、いや、いや……ぁあああ、見ないで」

「口ではそう言っているが、腰はすごく動いているぞ。とても、いやらしい。淫らだ。沙弥さん、とても淫らだよ」

達生は姿勢を低くし、床に這いつくばるようにして、ディルドーが膣を押し入っているさまを観察している。

「いや、お義父さま……エッチ。そんなに見ないで、恥ずかしい！」

「わかってきた。沙弥さんにとって、恥ずかしいってことは、気持ちいいってことなんだな。そうだね？　おおぅ、すごいよ。ペニスが出たり入ったりしている。沙弥さんのビラビラがからみついている。すごい……」

義父の横からの視線が粘りついてくる。あまりにも恥ずかしくて、死んでしまいたい。

なのに、腰は勝手に動いてしまっている。

気づいたとき、沙弥は腰を上下に振っていた。

蹲踞《そんきょ》の姿勢で足をひろげ、尻を持ちあげて、落とし込む。

（ああ、この音……！）

腰を使うたびに、粘膜が擦れるネチッ、ネチッというういやらしい音が聞こえる。これを義父に聞かれているのかと思うと、もう居たたまれない。それでも、腰は貪欲に動く。

それを見ていた達生が立ちあがった。

沙弥の正面に立ち、いきりたっているものをしごきはじめた。

「すごいだろ？　あなたを見ているとこうなる。ぁああおぅ、沙弥さん、もっと腰をつかってくれ」

達生が昂奮した様子で言う。

「あの、お義父さまにつかまらせていただいていいですか？」

「えっ、ああ、いいぞ」

沙弥は義父の腰に両手でつかまった。こうしたほうが力を入れられるので、腰をつかいやすくなる。

バランスを取りながら、腰を上げ下げした。

このほうがずっと気持ちがいい。

腰を振りおろすと、硬いイチモツが容赦なく奥を突いてくる。引きあげていくと、カリがなかに引っかかってめくりあげられるような快感が走り抜けた。

「あんっ……あんっ……ぁあああ、お義父さま、許して……もう、ダメっ」

上目づかいに達生を見ると、

「じゃあ、腰はつかわなくていいから……その、これをその……しゃぶってくれないか？」

そう言って、勃起を近づけてくる。

びっくりするほどの角度でそそりたった肉の柱が、口許《もと》に押しつけられた。

沙弥としても、そうしたかった。義父の逞しい分身をかわいがりたかった。

口を開いて、半分ほど呑み込んだところで、

「おおぅ、すごい……沙弥さんが私の……信じられないよ。夢じゃないか？」

達生は心底から悦んでくれているようだった。

途中まで押し込んだところで、気をつかっているのか、それ以上入れようとしないので、沙弥は自ら顔を寄せ、まとわりついた唇でそれを引き寄せるようにして、根元まで頬張った。

「おおぅ、くっ……！」

達生が呻いて、天井を見あげた。

こんなに悦んでくれていることが、うれしい。同時に、義父のものを思い切りかわ

いがりたくなった。

口が陰毛に接している。その白髪混ざりの恥毛をもっと感じたくなって、さらに深く咥えた。

と、切っ先で喉を突かれて、「ぐふ、ぐふっ」と噎《む》せてしまう。

それをこらえて、頬張りつづけた。

えずきがおさまり、深く頬張ったまま、舌を勃起の下側に擦りつけた。唾液がいっそうあふれて、肉柱を濡らしていく。

こぼれそうになった唾液をジュルジュルッと啜りあげた。

すると、義父が「おおー、すごい……！」と声をあげて、天井を仰いだ。気持ちいいのだ。そのことがうれしくて、身体の奥がきゅんとして、ディルドーを膣がきゅっと締めつけてしまう。

「おおっ……沙弥さんの口は最高だな」

義父がまた褒めてくれたので、ますます気持ちが昂って、沙弥はストロークをはじめた。

唇を引きあげていき、そこからまた根元に向かっておろしていく。それを繰り返していると、

「ぁああ、気持ちいいぞ……たまらん。沙弥さんの唇も舌もたまらんよ。おおぅ、気持ちいい！」

義父がまた顔をのけぞらせた。

きっと長い間、フェラチオを受けていなかったから、こんな悦んでくれているのだろう。

もっと気持ち良くなってほしい。

沙弥は根元のほうを握って、しごきながら、先端のほうに唇をすべらせた。

唇を窄《すぼ》めて、ぴっちりとからみつかせながらすべらせると、唾液があふれて、とろっとしたたり落ちる。恥ずかしい。羞恥心を抑えて、一生懸命に顔を打ち振って、根元を握りしごいた。

「ぁああ、いいよ、いい……」

そう喘ぐように言った義父の腰が動きはじめた。

沙弥の後頭部に手を添えて、くいっ、くいっと腰を躍らせる。

そのたびに、膨張しきった肉棹が口腔深く打ち込まれて、沙弥は動きを止めて、そのサディスティックな行為に耐えた。

「沙弥さん、腰を動かしてくれ。私にまたがったつもりで、腰を振ってくれ。それを私のあれだと思ってくれ。私も、沙弥さんの口をあそこだと思うようにするから。頼むよ、頼む……」

そう言って、義父は腰を振りながら、沙弥の下半身を見ている。

(わたしもそうしたかったの……こうしたかった)

沙弥はこぼれそうになる唾液をジュルルと啜りあげた。

それから、慎重に腰を振る。

義父のいきりたちを頬張りながら、腰を前後に打ち振った。すると、硬いディルドーが敏感になった粘膜を擦りながら、圧迫してきて、一気に愉悦の塊がふくれあがった。

「んんん……んんんっ……」

くぐもった声を洩らしながら、腰を打ち振っていた。

すると、達生は昂奮するのか、ますます激しく肉棹を口腔に打ち込んでくる。

だが、あまり苦しい目にはあわせたくないと気づかってくれているのか、途中までしか差し込んでこない。

今、沙弥は上の口と下の口に、イチモツを受け入れている。

下の口に入っているものは硬くて強靭《きょうじん》だ。しかし、それには温かみも変化もない。

命を持たないモノだった。

それに較べて、頬張っているものは硬さのなかにも柔らかさがあり、温かくて、微妙に変化をする。

生きているのだ。それが、ますます沙弥を夢中にさせる。

沙弥は腰の動きに合わせ、自分も顔を振って、それに唇をすべらせていく。

「ああ、たまらないよ。沙弥さんがうちの嫁でよかった。ぁああ、出そうだよ。出るかもしれない」

義父が「くぅ」と奥歯を噛みながら、のけぞった。

沙弥はいったん怒張を吐き出して、言う。

「いいんですよ。出してください。お口で受け止めますから」

「いいのか？」

「はい、呑みますから」

「……その、沙弥さんも、イッていいぞ。気を遣るところを見たい。できれば、一緒に……」

義父が真っ赤な顔で、勇んで言う。

「はい……わたしもそうしたいです」

沙弥はまた勃起を頬張った。もっと自分を高みへと導きたくて、腰を縦に振った。するとディルドーが容赦なく奥を突いてきて、それを繰り返しているうちに、熱くて激しいものが急激にふくれあがってきた。

頬張った口許から恥ずかしい声を洩らして、腰を落としきったところでまわすと、屹立がなかをぐりぐりと掻きまわしてきて、それがいいところに当たる。

「うぐぐぉ……」

猛りたつイチモツを頬張りながら、腰をグラインドさせた。

「気持ちいいのか？　うん、沙弥さん、気持ちいいんだな？」

その質問に、沙弥は咥えたままうなずく。

「よし、私も……」

義父がストロークをはじめた。沙弥の後頭部を手で引き寄せながら、ずりゅっ、ずりゅっと打ち込んでくる。

「んっ……んっ……ぐぐっ！」

義父も夢中になっているのだろう。切っ先が喉を突いて、えずきそうになる。それをこらえて、自分も腰を縦に振った。昇りつめたかった。

こんな苦しい状況でも、イキたかった。

こうすれば感じるというやり方でディルドーを敏感な箇所に擦りつけ、つづけていると、絶頂の予兆がやってきた。

それを育てたくて、腰をくねらせた。

快感の風船が少しずつだが、確実にふくらんでいっている。

「んんんっ……んんんっ……」

達生のストロークが止むと、自分から唇をからませ、唇をすべらせた。舌をからませながら、腰を振る。

根元を握りしごきながら、一生懸命に顔を打ち振った。すると、義父の様子が変わった。

「おおぅ、出そうだ……うっ、出していいか？」

沙弥は咥えたまま、うなずいた。

そして、自分も腰を上下に振りたて、さらに、ぐりぐりとまわして、感じる箇所にディルドーを擦りつけた。それをつづけていると、熱い愉悦のふくらみがぐわっとひろがった。

（ああ、来るわ、来る……お義父さま、わたしもイク！）

そんな気持ちを込めて見あげると、それがわかったのだろう、達生は自分から腰を振りはじめた。

ふくらみきった肉の柱を口腔深く、打ち込んでくる。

必死に唇を窄めて、その熱狂を受け入れながら、沙弥は自分がどこかに連れ去られていくかのような至福に押しあげられた。

「うぐっ、うぐっ……うがが……」

みっともなく喘ぎながらも、達生を見あげた。

「おおぅ、いい顔をする。たまらんよ。沙弥さんのその顔が私をイカせる。おおぅ、ぁあああああ、出すぞ！」

そう叫んで、達生はイチモツの根元を握りしごいた。

男根の先端を頬張りながら、沙弥も至福を感じていた。それがどんどんひろがってくる。

（あああ、イク……わたしもイキます……やぁあああぁぁぁぁぁ！）

心のなかで嬌声《きょうせい》をあげた。

次の瞬間、義父が「ぁあああ」と声を長く伸ばして、腰を突きだしてきた。

喉奥を打ったものが躍りあがり、明らかに温かいとわかるミルクが噴きかかってくる。それを受け止めながら、ぐいっと腰を振った瞬間、

（ぁあああ、イクぅ……！）

沙弥も昇りつめていた。

エクスタシーの稲妻に貫かれて、がくん、がくんと身体が勝手に躍りあがった。そうしながらも、肉棹は咥えつづける。

口内がカルキに似た香りで満たされて、沙弥はそれを呑む。こくっ、こくっと音がして、特濃ミルクが落ちていく。

意識が遠のいていく。

呑みきれなかった。

沙弥は身体を支えていられなくなり、どっと横に倒れた。

ディルドーが抜け、その横で沙弥はぐったりして横たわっている。

すぐに、達生が近づいてきた。

「大丈夫か？」

頭を撫でてくれる。

「はい……」

達生は絶頂に達した沙弥を満足そうに眺めていたが、やがて、沙弥を引き起こして、ベッドに寝かせた。

「よかったよ。あなたは最高だ。ずっと家にいてくれ。頼むよ」

義父は慈しむような目で沙弥を見て、ぎゅっと抱きしめてくれた。

第六章　抑えきれない淫欲

1

（おかしい。何かおかしい……！）

深夜、靖彦は自室のベッドで輾転《てんてん》としていた。

二度目に沙弥を抱いてから、二週間が経過していた。

沙弥と寝て、数日後から兄嫁の自分に対する態度が変わった。

いつものようにやさしい。だが、靖彦にはわかる。そのやさしさの奥に、何か頑《かたく》なものが横たわっていることに。

先日、それとなく誘ってみたら、体《てい》よく拒否された。

絶対におかしい。情を通じた者だから、その微妙な変化がわかる。

沙弥はいまだに一階の和室を自分の部屋にしていて、夜もそこで寝る。沙弥は兄に対しても、やさしい態度で接している。だが、それは表面的なもので、本質的には兄を嫌っていることがわかる。兄も依怙地《いこじ》で、まったく反省の色を見せない。だから、沙弥が兄との関係を修復したので、自分を拒否しているということは考えられない。

（義姉《ねえ》さん、どうしてだよ！）

その理由を知りたかった。それに、また沙弥を抱きたくなっていた。下腹部のものは兄嫁の甘美なあそこをまた味わいたくて、こうして横になっていても、ごく自然に硬くなってしまっている。

こらえきれなくなった。

靖彦はベッドから起きあがり、部屋を出る。

すでに真夜中で、家は静まり返っている。

階段を降りていき、廊下を忍び足で歩き、沙弥の部屋の前で立ち止まり、静かにドアをノックした。

物音がして、ドアが薄く開けられた。

沙弥がその隙間からこちらを見た。今夜は水色のネグリジェを着ていた。

「ゴメン。ちょっと話があるんだ」

小声で言うと、

「話なら、昼間にしよ」

沙弥が意外な答えを返してきた。

「すぐに終わるから」

そう言って、靖彦は強引にドアを開けて、なかに入る。

和風の枕明かりが布団と、今まで読んでいただろう文庫本を照らしていた。

「これからは、話は昼間にしてね。そこに座って」

靖彦に席を勧め、沙弥が座卓の前に座った。

柔らかくウエーブした黒髪が肩に散っていた。ノースリーブの水色のネグリジェから突きだした肩から二の腕のラインが色っぽく、そして、胸のふくらみの頂《いただき》には小さな突起が二つポチッと浮かびあがっている。

だが、自分から話そうとしないし、あのやさしく包み込むような笑顔もない。

やはり、これまでとは態度が違う。

その理由を訊きたくなった。

「何かあったの？　最近、態度がおかしいよ」

った。

「そんなはずないよ。わかるんだ。何かあったんだね？」

沙弥はぎゅっと唇を噛んでいた。それから、アーモンド形の大きな目を向けて、言った。

「きみを嫌いになったわけではないから、安心して。でも、靖彦くんにこれ以上深入りしたら、よくないでしょ？　きみのためにも、わたしのためにも……」

そう言って、沙弥が髪をかきあげた。

「……だって、それはこの前だって同じだったじゃないか」

「あれは……ゴメンなさい。あのときは、情に流されてしまったの。でも、もうダメ……これ以上つづけたら、ダメなのよ。靖彦くんは素敵な男の子よ。でも、真一郎さんと血を分けた兄弟なのよ。だから……」

「そんなことはわかっているよ。でも、わかっていて僕の童貞を奪ってくれたんだろ？　あと一回でいい。義姉さんと、その……」

「わたしは靖彦くんに女を教えた。そのことを後悔はしてないの……でも、もうわたしの役目は終わった。靖彦くんには、わたしなんかよりずっとふさわしい女性がいるはず。新しくガールフレンドを作って、お願い……大学にいるんじゃないの？　きみにふさわしい女の子が……」

「いないよ！　僕、モテないみたいなんだ」

そう言いながら、靖彦は自分が惨めになって、涙が出そうになった。

すると、沙弥が席を立って、後ろにまわった。

「絶対にいるはずよ。きみが働きかけていないだけ……それに、靖彦くんは最近すごく魅力的になった。わたしが保証する。男になった。前と全然感じが違うもの。大丈夫、絶対にモテるから。わたしが保証する。フラれるのを恐れていてはダメよ。ダメ元で声をかけてごらんなさい。そうね、相手はよく目が合う子とか……大丈夫。今のきみなら、大丈夫。だって、きみはこのわたしが男にしたんだもの。モテないはずがない」

そう言って、沙弥が後ろからハグしてくれた。

背中にノーブラの大きな乳房が触れている。耳元に、温かい息を感じる。顔に髪の毛を感じる。

沙弥の言葉には説得力があった。だけど、違うんだ。

「……でも、沙弥さん以上の女はいないよ。あなた以上の女なんていない！」

「ありがとう。でも、わたしを過大評価しているんだと思う。わたしはきみが思っているほど清純ではないし、とてもいやな女よ」

「違うよ！」

「違わないの。きみはまだ子供だから、わからない。子供にはわたしがどういう女なのかわからない。あなたをこれ以上汚したくはないのよ。靖彦くんは同じ年代の女性とつきあうのがいいのよ」

「子供は子供同士で、つきあえっていうのか？」

「そう……きみにはまだわたしは無理。これ以上、深みに嵌《は》まったら、きみは傷つく。もう、やめよ。靖彦くんにふさわしい女性とつきあいなさい。わたしの役目はもう終わったの」

靖彦は迷った。義姉が正しいような気がした。だが、靖彦も沙弥ももう、正しさとは無縁の世界にいる。倫理観などは、沙弥に童貞を捧げたときに捨て去った。

それを今さら持ち出すなんて、虫がよすぎる。

「……いやだ！」

靖彦は胸にまわされている腕をぎゅっとつかんだ。

「ああ、痛いわ……」

「へんだよ。義姉さん、何かへんだよ」

「やめて……お願い、放して」

「放さないよ。僕は義姉さんじゃないとダメなんだ」

沙弥の腕をつかんで、強引に横に倒していく。

「ぁあ、ダメだって……」

「ダメじゃない。これ以上、逆らったら、僕と義姉さんのことを家族にばらすからな。父さんや兄にばらしてやる」

靖彦は自分の吐いた脅しの言葉に驚いた。

びっくりしながらも、これが自分の本音なのだから、仕方がないと思った。

畳に倒れた沙弥に馬乗りになって、両手を万歳の形に押さえつける。

黒髪を畳に扇状に散らして、にらみつけてくる沙弥は、すごくきれいだった。

唇を奪おうとすると、沙弥が顔をそむけて避けた。それが、靖彦を苛立たせた。

「好きなんだ。沙弥さん以外には考えられない。好きなんだ！」

片手を放して、その手で沙弥の顔を押さえつけながら唇を合わせていく。

いやいやをするように首を振る沙弥の顔を押さえつけて、無理やり唇を重ねた。そのまま唇を吸い、食いしばられた歯列を舐めた。

沙弥は足をジタバタさせて、懸命に逃げようとしている。だが、押さえつけながら唇を吸っているうちに、徐々に抗う力が弱くなった。

（ああ、やっぱり、沙弥さんはこういう人なんだな）

さっき、沙弥は靖彦が思っているほど清純ではないと言っていた。でも、正確に言えばそうじゃない。靖彦は、義姉がじつは清純なだけではなく、とても淫らな部分を持っていることに気づいていた。

見られているとすごく感じるし、きっとマゾ的な部分があるのだろう、強く出られるとそれを拒めずに、受け入れながら自らの性癖をエネルギーとして燃えあがっていく。

二十歳だからと言って、バカにされては困る。わかる者にはわかるのだ。

口を吸いながら、右手をおろしていき、水色のネグリジェの裾をまくりあげ、太腿の奥に突っ込んだ。

義姉はパンティだけはつけていた。

シルクタッチの布地越しにそこをなぞると、一部がぐにゃりと沈みこんでいき、

「んんんっ……！」

沙弥が顎をせりあげた。

ネグリジェがまくれあがって、むっちりとした太腿と、その奥の白い布地が見えた。

柔肉を指で擦るたびに、沙弥はくぐもった声を洩らして、太腿をよじりあわせる。も

う止まらなかった。止められなかった。

あそこを指でさすりながら、唇を合わせつづけた。

誘うと、沙弥の舌がおずおずと伸びてきた。中間地点で舌先をちろちろとぶつけあった。その舌を頬張って、吸い込むと、

「んんんっ……！」

沙弥はつらそうに顔をしかめる。

靖彦も少しだけキスのやり方がわかってきていた。沙弥の口腔に舌を押し込んで、ぬるぬると舐める。そうしながら、ネグリジェの奥を撫でさすった。

「ぁああ、ダメっ……もう、許して！」

キスをやめて、沙弥は自分から抱きついていた。

「いや、許さないよ。もっと感じてもらいたいんだ」

そう言って、靖彦は胸のふくらみの頂にキスをする。レース刺しゅうの施されたノースリーブのネグリジェは胸元が大きくひろがっていて、そこから、ノーブラの乳房の丸みがのぞいている。

それをつかんで揉みしだき、いっそう飛びだしてきた乳首を舐めた。

舌で転がし、上下左右に舐めるうちに、生地が唾液を吸い込んで、そこから乳首の

色や形がくっきりと透けでてきた。

明らかにそこだけ色が違う突起をさらに舐めしゃぶると、沙弥はもう我慢できないとでもいうように、顔をのけぞらせ、手のひらを口に押し当てて、

「うっ……うっ……」

と、必死に声を押し殺している。

もっと、義姉を感じさせたかった。

靖彦は一気に顔をさげていき、パンティに手をかけておろしていく。足先から強引に抜き取ると、「いや」とでもいうように沙弥が足をよじりあわせた。

その膝をつかんで、ぐいと開かせながら、太腿の奥に顔を寄せた。

細長い翳《かげ》りが密生するその下に、女の雌花が妖《あや》しいぬめりを見せていた。そこはパッと見でわかるほどに濡れていた。

(ああ、義姉さん、こんなにして……したいんだね。ここが欲しがっているんだね)

靖彦はすかさず貪りついた。

暗くてよく見えない。だが、そこに舌を走らせると、ぬるっ、ぬるっとすべって、

「あっ……あっ……ぁあああ、許して」

沙弥が畳を引っ掻いて、顔を振った。

「許さないよ。許さない……」

そう畳みかけて、また狭間に舌を走らせた。

ぐにゃりとした狭間がひろがって、内部の粘膜のようなものが現れる。その複雑なものに何度も舌を走らせる。

上方に尖ったものが帽子をかぶっていた。

指でその帽子を脱がせ、ぬっと出てきた小さなピンクの突起を舐めた。上下にゆっくりと走らせ、そこから横に弾く。

「あっ、あっ、あっ……くぅぅぅ」

沙弥が声をあげて、足をピーンと伸ばした。感じているのだ。

もっと感じてほしかった。自分から「欲しい、入れて」と言わせたかった。

さっきより明らかに尖って、大きくなった丸い突起を吸った。だけど、口が大きすぎてクリトリスだけは吸えない。しょうがないので、そのあたりにキスをし、周囲ごと吸いあげた。

ぐにゃぐにゃした陰唇も吸い込まれてきて、

「ああああうぅぅ……！」

沙弥は手のひらを口に押し当てて、顔をのけぞらせた。足もピーンと伸びている。

「気持ちいい？」

頬張りながら訊いた。

沙弥は答えない。もう一度訊いた。すると、

「気持ちいいの……気持ちいい……ぁああ、おかしくなる。おかしくなっちゃう……ぁあああうぅ」

沙弥は畳を引っ掻くようにして、顔をのけぞらせる。

（よし、これでいいんだ！）

そこにしゃぶりついて、チューッ、チューッと吸った。すると、沙弥は感じすぎてどうしていいのかわからないといった様子で、下腹部を持ちあげる。

せりあがった腰がぶるぶると震えはじめた。

沙弥は身悶えをして、ぐいぐいと下腹部を口に押しつけてくる。

「欲しいんでしょ？　ここに入れてほしいんでしょ？」

唇を接したまま訊いた。

沙弥は答えない。だが、下腹部は痙攣が大きくなって、沙弥が欲しがっているのは明らかだった。

2

（やってやる！）

靖彦は顔をあげて、すらりとした足をすくいあげた。

翳りの底に濡れた花芯がわずかに花開き、枕明かりの間接照明を浴びて、ぬらぬらと光っている。

（こんなに濡らしてるじゃないか！　ダメだと言うけど、ほんとうは欲しくてしょうがないんだ。義姉さんは僕を求めている。僕のおチンチンを！）

勃起をつかんで導き、ぬめりを擦りながら、沼地をさがした。柔らかな窪みがあって、そこめがけて腰を進めていくと、切っ先が温かいぬめりに沈みこんでいく感触があって、

「あうぅぅ……！」

沙弥は顎を反らせて、突きあげた。

「くっ……！」

と、靖彦も奥歯を食いしばる。

とろとろの粘膜が波打つように、勃起にからみつきながら、ぎゅっ、ぎゅっと締めつけてくる。

（ああ、義姉さんのオマ×コはいつも気持ちいい……！）

こんな気持ちいいものを、諦めるなんてできない。

（義姉さんは兄さんに不倫されて、ひとりぼっちなんだ。部屋も別々だし、兄さんとはもう長い間、セックスレスだ。だから、自分がその寂しさを埋めているんだ。義姉さんだって、口ではダメだと言っているが、こんなになかを濡らして、悦んでいる。義姉さんは沙弥さんを救ってあげているんだ。寂しい義姉さんを満たしてあげているんだ！）

靖彦は覆いかぶさっていき、唇を重ねた。

舌を押し込む。すると、最初はいやがっていたのに、義姉の舌がおずおずと差し出された。

舌をねぶると、沙弥は靖彦をぐっと抱き寄せて、貪るようなキスをする。

情熱的に舌をからめ、吸い、唇を合わせる。

（ああ、やっぱりそうなんだ。沙弥さんは本音では僕としたがっている。さっき拒んだのは、やはり本心じゃないんだ……ぁああ、気持ちがいい！）

靖彦は積極的にキスを浴びせながら、腰をつかった。

屹立を差し込むと、沙弥はすらりとした足をM字に開き、勃起の先を奥へと導いて、

「んっ……んっ……んっ……」

くぐもった声を洩らし、靖彦に長い手足をからませて、ぎゅうっとしがみついてくる。

自由に動けないもどかしさを覚えながらも、靖彦は口を吸い、腰を叩きつける。

すっかり埋まり込んだ屹立が膣の上側を擦りあげ、そのまま奥のほうへとすべり込んでいき、それがいいのか、

「んっ……んっ……んっ……ぁあうぅぅ」

沙弥は最後には顔を離して、のけぞった。

「ああ、義姉さん……好きだ。大好きだ……」

気持ちを伝えると、沙弥の表情が曇った。

「……靖彦くん、ほんとうにもうこれでお終《しま》いにしよ。二人のことが真一郎さんにばれたら、もう完全に取り返しがつかなくなる。だから、大学で自分にふさわしい女の子を見つけて。お願い……」

「いやだ！」

「そんなわからないことを言うなら、もう、終わりにするわよ」

沙弥が突き放してくるので、ついつい言っていた。

「いいんだね？　二人のことを兄さんにばらすよ。じつは、あの夜、僕は義姉さんに童貞を奪われましたって、ばらすよ」

「バカなことは言わないで……そんなことをしたら、きみも……」

「いいんだよ。僕なんか、どうせ兄さんに軽く見られているから。出来の悪い、どうでもいい弟なんだ。だから、いっそのこと、沙弥さんを寝取ってやったってばらしてやったら、兄さんも少しは僕を見直すかもね」

自分でもびっくりするほどのひどい言葉が喉を衝いてあふれた。

沙弥は今にも泣きださんばかりの顔になって、無言で強く顔を左右に振った。何度も何度も振っている。

そんな沙弥が急に可哀相になった。

「ゴメン……ウソだから。そんなことしないから」

そう言って、腰をつかった。

腕立て伏せの格好でぐいぐい腰を入れると、勃起しきったものが義姉の体内を突いて、沙弥の表情が変わった。

揺れる。

「んっ……んっ……んっ……」

くぐもった声を低く洩らしながら、靖彦の両腕をぎゅっと握っている。

打ち込む衝撃で、水色のネグリジェを押しあげた胸のふくらみがぶるん、ぶるんと揺れる。

そのナマ乳房を見たくなって、ネグリジェを肩から引きおろした。腰のあたりまでさげると、乳房がぶるんとこぼれでた。

いつ見ても、格好よくふくらんでいて、しかも、大きい。

直線的な上の斜面を下側の充実したふくらみが持ちあげていて、真ん中より少し上に濃いピンクの乳首がツンと上を向いている。

その尖った乳首が舐めてほしいと言っているように思えた。

靖彦は背中を曲げて、突起を舐めた。

舌を先端に走らせると、突起が躍って、

「うっ……うっ……」

洩れそうになる声を、沙弥は手の甲を口に当ててふさぐ。

すると、肘があがって、腋《わき》の下が丸見えになった。きれいに剃毛《ていもう》された腋窩《えきか》はわずかに変色している。その窪みに顔を寄せた。

舌を走らせると、甘酸っぱい汗が匂って、少ししょっぱくて、

「い、いや……恥ずかしい！」

沙弥が眉を八の字に折って、いやいやをするように首を振った。

靖彦は無視して、腋窩をまた舐める。

ちゅっ、ちゅっとキスを浴びせて、舌を走らせる。するうちに、そこは唾液で光ってきて、

「んっ……あっ……ぁああ、いやよ、いや……あっ、あっ……あうぅぅ」

沙弥はのけぞって、小刻みに身体を震わせる。

感じているのだ。義姉さんは腋の下を舐められても高まるのだ。エッチなんだ。全身が性感帯なのだ。

靖彦は腋の下から二の腕を舐めあげていく。

すると、沙弥は「あっ、あっ」と震える。

(すごい……！)

どこを舐められても感じる。そして、自分が義姉を感じさせているということが、靖彦に高揚感をもたらす。

また二の腕を舐めおろしていき、そのまま乳房へと舌をすべらせた。

今度は乳房をつかんで、乳首を尖らせた。

そして、しこりたっている乳首をちろちろと舐めた。触れるかどうかのタッチで舌を這わせるだけで、沙弥はびくん、びくんと身体を痙攣させる。

同時に、膣がぎゅ、ぎゅっと締まって、屹立をつかんでくる。

「くっ……あっ……」

膣の締めつけを感じて、靖彦は呻く。

負けじと、また乳首に舌を這わせる。指でくびりだされた乳首を舐めると、

「くうぅぅぅ……！」

沙弥はのけぞり返った。

膣の粘膜が波打って、勃起を締めつけてくる。

「ああ、すごい……義姉さんのここ、すごいよ。締まってくる。ぎゅん、ぎゅん締まってくる。ぁあああおおぅ」

靖彦ものけぞった。

背中を反らせながら、腰を打ち据えていく。屹立がからみつく粘膜を掻きわけるようにして奥へとめり込んでいき、

「ぁああああ……奥に、奥にきみのが……ぁああああ、許して、もう許して……」

沙弥が涙ぐんだ目を向ける。

「許さないよ、許してやるものか……」

靖彦は腕立て伏せの格好で、ズンズン打ち込んでいく。

「ぁあぅぅ……！」

沙弥がのけぞりながら、両手でシーツを鷲づかみにした。

イクのかもしれない。きっと、イクんだ。だが、靖彦も追い込まれていた。

（ああ、ダメだ。出てしまう！）

もう少しなのに、我慢ができない。

靖彦はとっさに動きを止めて、暴発をこらえた。

（確か、こういうときは体位を変えればいいんだったな……）

靖彦は挿入したまま、上体を持ちあげた。沙弥の左足をつかんでくるりと半回転させて、反対の足に押しつける。

この前、ＡＶを見て、研究したのだ。好きな女優がこうされて、あんあん喘いでいた。

靖彦は上体を立て、沙弥は右側を向いて横臥している。

尻を突きだして横になっている沙弥の姿は初めて見るものだった。体位を変えれば、景色も変わるのだ。

尻を上から押さえつけて、腰を打ち据えた。

すると、勃起が尻の底の膣を横から突いて、

「あん、あんっ……ぁああ、どうしてできるの？」

沙弥が訊いてきた。

「僕だって、いろいろとできるんだよ」

そう言って、腰をつかう。ＡＶで学んだという種明かしはしないほうがいいような気がしていた。

両膝立ちになって腰を進めると、勃起がいつもとは違う角度で膣をうがっていき、

「あんっ……あんっ……あんっ……」

横臥した沙弥が上になったほうの手で、シーツをつかんだ。

「義姉さん、気持ちいい？」

「ええ、気持ちいいわ。違うところを突いてくるのよ……あんっ、あんっ、あんっ……ぁああうぅう、許して……もう、許して……」

沙弥が言う。『許して』はきっと沙弥が感じすぎているときに使う言葉だ。『恥ずかしい』もそうだ。

初めての体位だった。が、靖彦も気持ち良かった。これまでとは挿入感が違うし、第一とても深く入っていて、奥を深々とうがっている感じがする。

(そうか……体位によって、男も女も感じ方が違うんだな)

そう思ってストロークをしていると、不思議に追いつめられた感触はない。

(確か、このままバックに移行できるはずだ。あのAVではそうしていた)

靖彦は挿入したまま、沙弥を四つん這いにしようとした。だが、上手くできずに、途中で抜けてしまった。

女の蜜にまみれた分身がすごい勢いでそそりたっていて、いつもより硬く、長く、逞しくなっているような気がして、それを誇らしく感じた。

沙弥が見て、ハッとしたような顔をした。

その表情が、靖彦を駆りたてた。

(そうだ、今日はまだフェラチオしてもらっていない。自分のものとはいえ、ラブジュースで汚れたものを沙弥さんはいやがるだろうか？　でも、これをきれいにしながら奮い立たせてほしい。そういう姿を見てみたい)

靖彦は布団に立って、懇願した。

「できたら、こ、これを口で……義姉さん、頼むよ。義姉さんのフェラが忘れられないんだ。頼むよ」

3

臍《へそ》に向かっていきりたつものを見せつけながら、靖彦がせがんでくる。

沙弥は迷った。

だが、怖いほどに怒張したものを目にしたとき、身体の奥でこれをおしゃぶりしたいという気持ちがうねりあがってきた。

「ほんとうに、今夜だけよ。もうしないから……いいよね？」

「……ああ」

そう靖彦は不満そうに呟いた。

沙弥は汗を吸ったネグリジェを脱ぎ捨てて、靖彦の前にひざまずいた。そそりたっている肉柱の根元をつかみ、調節しながら、裏側を根元から舐めあげる。

酸っぱいような自分の分泌液の微妙な味が舌から伝わってくる。

「ああ、気持ちいいよ。義姉さんの舌は最高だ。気持ちいいよ、気持ちいい……」

何度もそう言われると、沙弥はもっと気持ち良くなってほしくなって、側面にも舌を走らせ、蜜を舐め取っていく。

自分の愛蜜の味覚を感じているのか、自然に唾液があふれてしまい、それが肉柱を伝い落ちていく。

靖彦のエレクトしたものは、表面に根っこのような血管を浮かびあがらせて、その凸凹《でこぼこ》がしゃぶっていても気持ちいい。

こんなことをしてはダメなことはわかっている。

義父の達生と、もう金輪際、靖彦には触れないと約束をした。それが条件で、堂園家にとどまることを許されたのだ。しかし、自分は今、その約束を破ってしまっている。

それどころか、自分から愛おしい肉柱をしゃぶっている。

もし、義父に見つかったら、もう、ここにいることはできない。わかっているのに、靖彦の情熱を拒めない。

自分の蜜を舐め終えて、今度は追いつめていく。

根元を握ってしごきながら、それと同じリズムで先端のほうに唇をからませ、吸いあげながら、ストロークをする。

うつむいているときは、頭の重さを支えないといけないので首がひどく疲れる。が、この体勢ならさほど負荷はかからない。

唇をカリに引っかけるように往復させ、根元を握りしごくと、靖彦の洩らす声が変わった。

「ううっ……くくくっ……ぁああ、気持ち良すぎるよ！　ぁああ、義姉さん、好きだ。大好きだ！　ぁあぁぁぁ」

咥えながら見あげると、靖彦はもうこちらを見ておらずに、天井を仰いでいた。目を閉じている。きっと、そうしたほうが、唇や舌の感触をつぶさに感じられるのだろう。

その表情がかわいくなって、ごく自然に指と唇に力がこもってしまう。

「くうう、出ちゃうよ……入れたい。入れたくなった」

靖彦は腰を引くと、布団に仰向けに寝た。さっきはバックからしたいと言っていたのに、気が変わったのだろう。

「上になってほしい」

下から靖彦が求めてくる。

いったん怒張を受け入れた体内は、最後まで昇りつめたがっている。貪欲な腰が上になって腰を振れと沙弥に言いつけてくる。

下半身にまたがって、唾液で濡れたものをつかんで導いた。

「あっ……！」

びくっとして、顔がのけぞってしまう。

上を向いた顔を戻そうとしたとき、視界にとても気になるものが飛び込んできて、もう一度、その角度に視線を戻す。

いた……！

隣室との境の欄間から、ロマンスグレーを鈍く光らせて、達生がこちらを覗いていた。

（お義父《とう》さま……！）

ハッとして、腰をあげた。

靖彦の身体から離れようとしたとき、欄間の向こうで、達生が首を左右に振るのが見えた。

（えっ、どういうこと？　お義父さまは怒っているのではないの？）

自分が禁じた、靖彦とのセックスをしているのだから、怒り心頭に発していいはずだ。だが、達生は今度は首を縦に振った。

（どういうことですか？）

はっきりとわかるように達生を見た。

透かし彫りの欄間から、達生がさかんに首を縦に振っているのが見える。

（いいんですか？　していいんですか？）

心のなかで言いながら、じっと達生を観察した。

（いいんだ、入れろ。いいんだ、入れろ。見せてくれ。見せてくれ）

達生の唇がそう動いたように見えた。わかりやすいように、同じことを繰り返しているから、きっと解釈は間違っていないのだ。

「義姉さん、どうしたの？」

不審に感じたのだろう、靖彦が下から訊いてきた。

「ううん、何でもないの」

「焦《じ》らさないで、入れてよ。お願いだ」

靖彦が哀願してくる。

もう一度、欄間を見た。義父がはっきりとそれとわかるようにうなずいた。

（いいのね？　お義父さま、わたしと靖彦さんがするのを見て、昂奮するのね？）

沙弥はそそりたつものを翳りの底に押し当てて、ゆっくりと腰を落としていった。

疼く体内は歓迎するようにイチモツを呑み込んでいき、

「ぁあああ……！」

身体を貫かれる悦びで、声を放っていた。

「ああ、すごい……靖彦くんのおチンチン、硬い。カチン、カチンよ……ぁあああ、気持ちいい！」

思わずそう口にしてしまったのは、きっと、達生を意識しているからだろう。

ちらりと見ると、義父が欄間に顔を押しつけて、食い入るようにこちらを覗いていた。目が昂奮した光を放っている。少し揺れているのは、きっとあれをしごいているからだろう。義父のその姿を見ていると、自分も大胆になってきてしまう。

沙弥は膝を立てて開いた。

こうすれば、義父からも結合部分が見えるのではないだろうか？

(ああ、お義父さま、見て……恥ずかしい、沙弥を見て……！)

沙弥は達生の視線を意識しながら、腰を振った。

前に突きだし、後ろに引く。

それを繰り返していると、靖彦の硬いイチモツがぐりぐりと奥を捏ねてきて、その快感がじわっとひろがってきた。

「ああ、靖彦くん、気持ちいい……義姉さん、気持ちいい……」

「僕もだよ。たまらないよ。義姉さんのあそこがぎゅん、ぎゅん締まってくる。僕のを締めつけてくる……おおぅ！」

靖彦が突きあげてきた。

硬くて長いものが、ズン、ズンと下からあがってきて、途中を擦りながら、奥のほうを突き刺してくる。

「あんっ、あんっ、あんっ……」

激しく喘いでいた。これまでは、義父に見つからないようにと声を抑えてきた。だが、もうその必要はないのだ。むしろ、声をあげたほうが、達生は悦んでくれるだろう。

するとそれに触発されたのか、

「ぁああ、たまんないよ。出そうだ！　出そうだ！」

靖彦がさしせまった様子で訴えてきた。

「もう少し、我慢して……そうしたら、わたしもイクから」

「わかった……我慢するよ」

靖彦の突きあげがやみ、沙弥はこうしたら感じるというやり方で、膣を勃起に擦りつけた。

両手を後ろに突き、のけぞるようにして、腰を前後に振って擦りつける。

（ああ、見ているわ。お義父さまったら、あんなに目をギラつかせて……ぁああ、恥ずかしい、恥ずかしい……見ないで……。ううん、見て、沙弥の恥ずかしいとこを見て。イクわ、もう少しでイクのよ）

靖彦とその延長線上にいる達生に向けて、足を大きく開いた。

ネチッ、ネチッといやらしい音がする。

きっと、靖彦の怒張が出入りするところが、よく見えていることだろう。

腰をしゃくりあげるように振ると、身体が熱くなり、その熱気球が子宮から全身へとふくらんでいく。

「ああ、すごい……よく見えるよ」

靖彦が顔を持ちあげて言う。

「ぁああ、いや、いや、見ないで……恥ずかしいわ……恥ずかしい……ぁあああ、あああうぅ、止まらないの。腰が勝手に動く……！」

「ううぅ、出そうだ。義姉さん、出そうだ！」

「ぁああ、義姉さんもイクわ……ぁああ、あああ……もう、ダメっ！」

言いながら、沙弥は腰をいっそう激しく打ち振った。勃起が奥を捏ね、粘膜を圧迫して、気を遣る前に感じるあの高揚感がひろがった。

沙弥は腰を振りながら、斜め上方を見た。

達生がこちらを凝視している。体が微妙に揺れているから、絶対にあれをしごいているのだろう。そのさしせまった表情から、義父もぎりぎりまで高まっているのだと思った。

それがわかると、自分ももう気を遣っていいのだと感じた。

「靖彦くん、イキそう。イクわ……出していいのよ。ぁああ、あああぁぁ……イッちゃう、くっ……！」

エクスタシーの稲妻に身体の中心を貫かれて、沙弥は躍りあがった。

もう何も考えられない。

身体のなかで何かが爆発して、自分は砕け散りながら舞いあがっていく。

靖彦も射精して、ぶるぶる震えている。

絶頂の波はなかなか去らなかった。

やがて、がっくりと靖彦に覆いかぶさっていく。

「義姉さん、すごかったね」

靖彦が言うので、

「恥ずかしいわ」

沙弥はぎゅうとしがみつく。それから、我に返って言った。

「これが最後だからね。きみは大学で自分にふさわしい子を見つけるのよ。いい？」

硬い髪を撫でると、

「……ああ……」

靖彦は不満そうに言って、ぷいと顔を横に向けた。

第七章　新たなる背徳

1

その日の夜、沙弥はいつもとは違うドレッシーな胸の大きく開いたドレスを着て、テーブルにバースデイケーキを置き、シャンパンを用意した。

今日は達生の六十六回目の誕生日だった。

沙弥がこの会を開いたのは、義父の誕生日祝いと同時に、再就職のお祝いをしたかったからだ。達生は明後日から、新しい会社に通うことになっている。

真一郎もこの会に参加していたから、堂園家全員が集まっていた。

シャンパンが行き渡り、真一郎が音頭を取った。

「父さん、六十六回目のバースデイと再就職、おめでとう。カンパイ！」

真一郎がグラスを掲げて、沙弥と靖彦が同調し、達生が「ありがとう」と照れた。

喉越しのいいシャンパンを一口呑んで、

「お義父さま、ケーキのローソクを消してください」

沙弥が言うと、達生が大きく息を吸って、ケーキに立てられた6の数字をかたどられた二つのローソクの炎を吹き消した。

ローソクが消えて、沙弥は消されていた照明のスイッチを入れた。

たちまち周囲が明るくなり、沙弥はホールケーキを切って、達生に取り分ける。

「ああ、ありがとう」

達生がうれしそうに受け取る。そのはにかんだ視線が、一瞬、自分のドレスの胸の谷間に落ちるのを見逃さなかった。

沙弥は次に、真一郎に差し出す。真一郎はそれを無言で受け取る。

夫はいまだ彼女との関係をつづけているようだ。

同じ会社に勤めている例の友人に訊いたところ、真一郎はいまだ部下のＯＬとは関係をつづけているらしい。おさまるどころか、最近はますます頻繁に密会をしているらしいのだ。

沙弥がどうにか真一郎と同じ屋根の下で暮らしていけるのは、自分も靖彦や達生に抱かれているからだ。

お互いさまというやつで、それがなければ、沙弥はもうとっくの昔にこの家を出ていただろう。

最後に、靖彦にケーキを差し出した。靖彦はうれしそうに受け取りながらも、ちらりと胸の谷間を盗み見した。

あのとき、達生は欄間から、靖彦との情事を覗きながら明らかに昂っていた。

あの後で「靖彦くんとのことは許してくださるんですね？」と問い質したところ、義父は「私に覗かせてくれるならば……」と言った。

あれほど、靖彦との情事は許さない、この家を出ていきなさい、と突き放したのに、覗かせてくれるなら、認めると言う。

この家の男性は覗きにとり憑かれているのだと思った。靖彦もこうなるキッカケは覗きだった。

沙弥も自分が禁断の木の実を食べていることはよくわかっている。だが、流れというものがあって、それに逆らえない。濁流に押し流されながらも、自分は助けを求めるどころか、逆にその流れに揉まれることを愉《たの》しんでいる。

いや、そもそもこの濁流を起こしたのは、自分なのではないのか？

もしこのことが公《おおやけ》になったら、沙弥だけでなく家族全員が断罪されるだろう。こんなことが長くつづけられるとは思っていない。

だから……。

靖彦には早くガールフレンドを作ってほしい。

義父の監視下のもと、今も靖彦の激情を受け入れているのだが、最近はセックスもどんどん上手くなっている。兄に対して抱いていたコンプレックスもなくなりつつあるようだ。

沙弥の目から見ても、靖彦は自信がついたせいか、格好よくなってきている。男として成長している。

先日は、大学の同級生の女の子と、初めてデートをしたと自慢げに話してくれた。靖彦に彼女ができるのはもう時間の問題だろう。

今の靖彦は男性的なセックスアピールがあるから、きっと何人かの女性が寄ってきて、そのうちに、新しい彼女に乗り換えてくれるだろう。

そうなったらなったで、きっと寂しくてたまらないだろうが――。

「美味しいよ、このケーキ」

義父が心から満足という顔をした。

「よかったわ。知り合いのパティシエさんに頼んで、作ってもらったんですよ」

「そうか……ありがとう。ネクタイもありがとう」

達生が礼を言う。義父に似合いそうなネクタイを選んで、ついさっきプレゼントしたのだ。

「いいんですよ、お義父さまの第二の門出ですもの。新しい会社、頑張ってくださいね」

「ああ、毎日行かなくちゃいけないから、ちょっとたいへんだよ」

「大丈夫ですよ。お義父さまはお若いから……」

そう言ったとき、真一郎の表情が険しくなるのがわかった。

もしかして、父親に嫉妬しているのだろうか？

「おいおい、今度の俺の誕生日も祝ってくれるんだろうな？　プレゼント、期待してるぞ」

真一郎が口を挟んできた。

「わかりました。忘れなかったらね」

そう言って、沙弥は微笑む。

自分が他に女を作っておいて、それを認めようともせずに居直っているのに、こういうことをいけしゃあしゃあと言う。

真一郎の神経はどうなっているのか？　バカらしく、怒る気にもならない。この人はこうやって、自分の非はいっさい認めずに、人生を送ってきたのだろう。

そんな三人を、靖彦は押し黙ったまま見守っている。

靖彦は無駄な話をしないし、思いやりもあるから、将来は女性にモテモテの男になるだろう。

沙弥は生クリームにイチゴの載ったケーキを口に運んでいても、三人の視線を感じる。

今夜は義父のためにお化粧したのだけれど、真一郎も靖彦もいつもとは違う沙弥に粘りつくような視線を送ってくる。

（……わたしは、この三人に抱かれたんだわ）

堂園家の男、全員に。

途端に、身体の奥が火照ってくる。本来なら、もっと罪悪感を抱いていいはずなのに……。

達生の、靖彦の、真一郎の視線が熱い。熱くてたまらない。

2

沙弥は最後に風呂に入り、洗った髪を乾かし、白いネグリジェを着て、部屋に向かった。

義父の誕生会兼再就職祝いを終えて、最初に真一郎に誘われた。

『今夜、二階で寝ろよ。かわいがってやるから』

ドレス姿を見てその気になったことは容易に想像できた。

『ダメ……あなたが彼女と別れるまでは、同じ部屋では寝ないと決めているの。絶対にわたしの部屋にも来ないでね。そのときは離婚しますから』

きっぱり言うと、

『……ったく！　頑固な女だな』

吐き捨てるように言って、真一郎は二階へとあがっていった。

その後、洗面所で靖彦が後ろから抱きついてきた。

『義姉さん、きれいだよ。今夜、行っていい？』

『……ダメよ。いつも言ってるでしょ？　もうわたしは役目を終えたから、靖彦くんは新しいガールフレンドを作りなさいって……それに、今夜はお義父さまの記念日なのよ。わかるでしょ？』

言い聞かせると、納得してくれたのか、靖彦も諦めて離れていった。

沙弥は自室の和室に、布団を敷いた。

この部屋に持ってきているドレッサーの前で肌のお手入れをして、布団に入る。

だが、寝つけなかった。

輾転としているとき、気配を感じた。

斜め上を見ると、欄間に人の顔がある。ハッとして目を凝らす。義父だった。達生が覗いている。びっくりした。だが、驚きばかりではなかった。

心の底で期待していたような気がする。

それは、義父が部屋に忍んできて、この火照った身体を慰めてくれるという期待感だったのだが……。

(そんなところで覗いていないで、入ってくればいいのに)

もしかして、また靖彦がやってきていることを想像していたのかもしれない。だけど、ここには沙弥しかいない。

(二人とも断ったのよ。お義父さまのために……いいのよ、来て……お義父さまの誕

生日を祝わせてください)

多分、身体が義父の巧妙な愛撫を求めているのだ。義父は愛撫をするものの、本番はしようとしない。そういう安心感もある。

靖彦は怖い。これ以上、身を任せると、沙弥に夢中になって、新しい恋人を作ろうとしなくなってしまうだろう。それが怖い。

(来て……)

心のなかで呼んだ。だが、達生は欄間からぎらぎらした目をのぞかせているだけで、動こうとしない。

(わかったわ。こういうのが見たいのね)

沙弥はガーゼ毛布を剝いで、目を閉じた。

両手で、白いネグリジェのまといつく身体を撫で、そのまま右手で裾をまくりあげながら太腿の奥にすべらせていく。

ブラジャーはつけていないが、パンティだけは穿いている。

クロッチを指でなぞりながら、足を開いていく。

白い布地がひろがりながらまくれあがって、太腿が根元までのぞいてしまっている。

(ああ、お義父さま……見て。わたしの恥ずかしい姿を……!)

心のなかで訴えながら、クロッチを撫で、左手で胸のふくらみをつかんた。ネグリジェの上から乳房を揉みながら、下腹部の感じる部分を、すっ、すっと指でなぞると、芳烈な快感がひろがってきて、

「あっ……あっ……ぁああ、お義父さま、恥ずかしい……」

そう呟きながら、胸を少し強めに揉み、狭間に指をすべらせる。ますます身体が反応して、欲しくなってしまう。

達生は性器挿入をしようとしない。それでも、いい。何らかの形でイカせてもらえれば、そして、義父に射精してもらえれば。

我慢できなくなって、右手をパンティの裏側にすべり込ませた。

繊毛の底に指を添えると、そこはもう濡れていて、狭間に指を当ててなぞるたびに、くちゅくちゅという音がして、それが恥ずかしくてならない。

（ああ、聞かないで、この恥ずかしい音を……）

濡れている箇所をいじりながら、薄目を開ける。

透かし彫りの欄間から、義父の顔が見えた。目を細めて沙弥を見つめながら、体が揺れている。きっと、自分でしごいているのだ。

（ああ、欲しい……お義父さまのアレが欲しい。ちょうだい、ちょうだい……！）

そう心のなかで訴えながら、自分が高まっていくのがわかる。

あそこがどんどん濡れてきて、乳首も尖って、ネグリジェを押しあげている。

潤みきった箇所を指で擦りあげた。上のほうで触ってほしがっている突起に指先を当てて、転がした。

「ぁああ、くうぅ……！」

気持ち良くて、足が突っ張った。

左手をネグリジェの胸元からすべり込ませて、じかに右の乳房をつかんで、揉んだ。揉みながら、先端を指で挟んで、左右にねじる。

気持ちいい。恥ずかしくてしょうがないのに、気持ちいい。

気づいたときは、右手の中指を膣に押し込んでいた。入れた瞬間に峻烈な快感が流れて、

「あああぁ……！」

恥ずかしい声を洩らしながら、ブリッジするように腰を浮かせていた。

「いや、いや、いや……」

そう口走りながらも、なかに押し込んだ指で浅瀬をいじり、内側に折った親指でクリトリスを細かく叩いた。

感じる。ジーンとした痺れに似た快感が全身を貫いてくる。

「ああ、来て……お義父さま、いらしてください。ここにいらして……ぁあああああ、来て、お義父さま……」

思わずそう懇願していた。

達生にはそれが聞こえたのだろう。踏み台を降りるかすかな音がして、欄間から顔が消えた。

（ああ、いらっしゃるんだわ！）

待ち構えた。

3

すぐにドアが開いて、達生が入ってきた。

いつも寝間着にしている作務衣を着ている。そのゆとりのあるズボンを、勃起したものが持ちあげていた。

義父は仰向けになった沙弥のかたわらに手を突いて、上からギラギラした目を向けて言った。

「我慢できなくなった。沙弥さんから、バースデイプレゼントが欲しいんだ」

「それなら、ネクタイをあげたでしょ？」

「ありがとう、いいネクタイだ。ありがたく使わせてもらうよ。初日にはあれを締めていくつもりだ……でも、そうじゃなくて……」

達生の手がネグリジェの裾にかかった。

ネグリジェがまくりあげられて、頭から抜かれていく。つけているのは白いパンティだけだ。あらわになった胸を隠し、足をよじって隠した。

「見たくてたまらないんだ。沙弥さんのここを……」

達生は焦れったそうに言って、パンティをつかんでおろし、足先から抜き取った。

「ああ、いや、恥ずかしいわ」

よじりあわせた太腿を、達生はつかんで強引にひろげてくる。

「あああうっ……！」

無防備な格好で女の秘密を、達生に見られている。まじまじと見る義父の視線が熱い。食い入るような目が、沙弥を昂らせる。

次の瞬間、女の証をぬるっと舐められて、

「あうぅぅ……！」

恥ずかしい声を洩らしていた。

義父の舌はつるつるしていて温かく、とにかく気持ちいい。それが秘部を這うと、もう欲しくて、欲しくて我慢できなくなる。

けれども、達生は自分は義父だからと、挿入しようとはしない。

もしかして、自分で挿入するよりも、覗き見するほうが好きなのだろうか？　あれほどダメだと言っていた靖彦とのセックスを覗き見して、昂っているのだから。

「あああ、お義父さま、気持ちいい……気持ちいいの……」

訴えると、達生はいったん顔を持ちあげて、

「ちょっと、枕を使わせてくれ。このほうが舐めやすいんだ」

蕎麦《そば》枕をつかんで、沙弥の腰の下に入れた。

沙弥の腰が持ちあがり、わずかなことで女の恥部をすべてさらしているような感覚になって、「いやっ」と顔をそむけていた。

「このほうがよく見える。沙弥さんのオマ×コが丸見えだ。きれいだよ。びらびらも左右対称だし、なかのほうはとてもきれいなピンクだ。すごいね、なかのほうが白くなっている。さっき自分の指で掻きまわしたからだろうね。とろっとした白濁がいやらしく光っているぞ。これを舐めてみるかな」

達生は我が物顔で言って、顔を押しつけてきた。

ねっとりとした舌が膣口をこじ開けるように入ってきて、そこを左右に舐められる。

「い、いや……恥ずかしい！　そこはいや……」

「美味しぃよ。沙弥さんのここは奥に進むほどに、美味しくなる。いろんな味がする」

顔を股間に接したまま言って、達生がまた膣口を舌でうがってきた。

今度は縦に動いている。

尖らせた舌でそこを抜き差しされると、周辺もそれ自体もじわっと熱くなり、疼きのようなものがうねりあがってくる。

クリトリスはそれだけでイケる。膣で気を遣るのとは違う感覚だった。

だが、膣口は舌であやされると、クリトリスとは異なる渇望が身体の底からうねりあがってきて、その奥をズンッと突かれたくなる。

だが、達生はまったくその気配は見せずに、ひたすら舐めてくる。

「ぁああ、お義父さま……気持ちいい。気持ちいい……ぁあうぅ」

沙弥は狂い立たされる。もう欲しくてしょうがない。

もっと大きな刺激が欲しくて、その掻痒感がもどかしくてならない。

「ぁあぁ、ぁあぁ……」

ただただ快感を声にして、枕の上で腰をくねらせていた。

達生がそこを吸ってきた。ジュルルッと思い切り膣口を吸われて、

「ぁあぁあぁぁぁ……うぐぐ」

大きな声をあげてしまい、いけないと口を手のひらで押さえた。

右手の上に左手を重ねて、必死に声を封じた。それでも、また膣口を思い切り吸われると、芳烈な快感がうねりあがる。

「許して……お義父さま、もう許して……そこはいや……いや、いや、いや……はううぅぅぅぅ！」

のけぞりながら、両手で口を押さえる。

すると、達生は舌を差し込んできた。ぬるぬる、ぐちゅぐちゅと浅瀬をなめらかな肉片で出し入れされると、まるでピストンされているような錯覚におちいり、挿入されたときに似た感覚がひろがってくる。

（もっと、もっとして……！）

心のなかで訴えた。それをわかっているはずなのに、義父の口が遠ざかっていく。

右足を持ちあげられた。

真っ直ぐに立てた足を、ぬるっとした舌が這いあがる。

太腿から膝の裏側へと、じっくりと舐めてくる。

くすぐったさと紙一重の快感が走り抜けて、沙弥は今度は手の甲を噛んで、喘ぎを抑えた。

その舌がさらに這いあがっていった。

ふくら脛《はぎ》を舐められ、そのまま踵《かかと》から足の裏へと舌が走る。

踵は恥ずかしい。どうやっても角質化は免れないし、その恥ずかしい箇所を舐め、吸われる。

「いや、いや……お義父さま、そこも、いや……」

コンプレックスのある場所を、達生は丁寧に舐めてくれる。

するうちに、この人には身を任せてもいいのだという気がしてきた。

ねっとりとした舌が踵から土踏まずに流れ、さらに足指を舐めてくる。親指を頬張られて、

「ああ……いけません。お義父さま、そこはダメ……恥ずかしい」

訴えた。それでも、達生はいさいかまわず親指を口におさめ、ねろりねろりと舐めてくる。

「ダメ、ダメ、ダメ……あっ……あっ……はうぅぅ」

最初はいやだった。だが、足の親指を執拗に、丁寧にしゃぶられると、抗うことができなくなった。

曲げていた親指が伸びてしまい、そこをフェラチオするようにしゃぶられると、気持ち良くなってきた。足指に性感帯があるとは思えないから、きっと精神的なものだろう。

(お義父さまはわたしの決してきれいだとは思えない足指をこんなにやさしく、丁寧に舐めてくれる。尽くしてくれる。奉仕してくれる)

自分はあなたがこんなに奉仕するほどの女ではない、という気持ちもある。しかし、それとは裏腹に奉仕をされることの悦びがふつふつと湧きあがってくる。

達生は親指の次は薬指と一本一本丹念に頬張り、しゃぶってくれる。

そればかりか、指と指の間に舌を差し込んで、そこを掃除でもするようにきれいに舐めてくれる。

その頃には、ぞわぞわっとした甘い戦慄がひろがっていた。

「ああ、ああ……お義父さま、気持ちいい……気持ちいい……はうぅぅ」

そう喘ぎながら、足指を反らし、開いていた。

達生はそのひろがった指と指の間に丹念に舌を這わせた。それから、今度は向こう脛《ずね》から膝、太腿にかけてツーッ、ツーッと舐めあげてくる。

いっこうに減らない唾液が肌に沁み込んでくる。

義父の残した舌の軌跡が、ナメクジの這った跡のように道を作り、それがいやらしくぬめ光っている。

達生の舌が乳房に届いた。

ぐいっと両方の乳房を荒々しくつかまれて、くびりだされた乳首を舌でかわいがられる。繊細に弾かれ、頬張られる。

チューッと吸われると、芳烈な快感が走り抜けていき、下腹部が自然に持ちあがった。

「気持ちいいか?」

達生が乳首に口を接したまま、訊いてくる。

「はい……気持ちいい……お義父さまの舌、気持ちいい」

「私も気持ち良くなりたい」

「えっ……?」

「あれを……してくれないか?」

達生の求めているものが何かはすぐにわかった。

「いいですよ。今度はお義父さまが下になって」

入れ替わる形で、達生が布団に仰向けになり、沙弥が上になる。

「誕生祝いをさしあげます」

そう言って、沙弥は下腹部のイチモツに顔を寄せる。

頭髪と同じように白髪混ざりの陰毛から、半勃起している肉茎が愛おしくてならない。

そっと舐め、根元をつかんで振ると、それがしなりながら、腹部と太腿に当たってぺちぺちと音がして、徐々に硬くなってきた。

はっきりと棒状になったそれに唇をかぶせていく。

すっぽりと根元まで咥えて、なかで舌を下側にからみつかせると、

「おおぅ、あなたの舌、たまらない。おおぅ、くうぅ……」

達生が嬉々として言うので、勇気づけられて、今度は唇をすべらせた。

根元から亀頭部まで速いピッチで往復させると、肉柱がいっそう硬化してきて、太さも長さも増してくる。

根元を握って、しごきながら、余った部分に唇をすべらせる。

指を引きあげたときは、顔を押しさげる。押しさげたときは、顔をあげる。

それを繰り返していると、達生の腰がびくっ、びくっと撥ねあがった。

感じてくれているのだ。自分が義父に快感を与えていることがうれしい。

指を離して、ぐっと奥まで咥え込んだ。

唇に硬い陰毛を感じる。もっとできる。

さらに導き入れると、先端の丸みが喉に触れて、えずきそうになる。それをこらえて、ゆっくりと顔を振る。

それをつづけていると、達生が言った。

「頼む。音を立ててくれないか？　いやらしい唾の音を聞きたいんだ」

心のなかでうなずいて、沙弥は唇を引きあげながら、ジュルルッと音を立てて吸った。

自分でもびっくりするほどの大きな唾音がして、

「ああ、いやらしいよ。沙弥さん、いやらしくて、色っぽいよ。たまらん。もっと、もっと聞かせてくれ」

さっき丹念にクンニされ、足指まで頬張られたそのお礼をしたい。

沙弥は唾液を口の中にいっぱい出して、それをジュルジュルと啜りあげながら、先

端を吐き出して、

「ぁあああ……」

と、溜め息に似た喘ぎ声をこぼす。

「美味しいわ。お義父さまのおチンチン、すごく美味しいのよ……ぁあああ」

そう言って、また肉棹を頬張り、ぐぢゅぐちゃと音を立てて唇をすべらせる。

吐き出して、また「ぁあああ」と吐息を洩らし、根元をつかんで擦りあげた。ネチッ、ネチッといやらしい音とともに五本の指がいきりたっている肉柱をすべり、

「おおぅ、くっ……！」

達生が足を突っ張らせた。

今、義父のイチモツは最大限にエレクトしている。

薔薇《ばら》色の亀頭部をてらつかせ、赤銅色の胴体にはぷっくりとした血管が浮きでていた。

(ああ、これが欲しい。この逞しいもので貫いてほしい！)

そう強く感じたとき、達生がそれを見抜いたように言った。

「頼む。今回だけでいい。あなたとしたい。これを沙弥さんのなかに入れたい」

「……わたしもそうしたいです。でも、お義父さまがそれはダメだと……？」

「わかっている。自分が矛盾したことを言っているのは……だから、今日だけでいい。今日は私の誕生日だ。そのプレゼントが欲しい。一度だけでいい。それ以上は絶対に望まない。あなたにはせまらない。だから、頼む……このとおりだ！」

達生が顔の前で両手を合わせた。

「でも、一回だけで満足できますか？　我慢できますか？　一度したら……」

「いや、それはない。私は二人の父親だ。それはわきまえている。だから、一度だけでいいんだ。私がまだ勃つうちに、沙弥さんとしたいんだ」

最後に付け加えられたその一言が、沙弥をその気にさせた。

「わかりました。一度だけですよ」

「わかっている。約束する」

4

沙弥はまたがって、いきりたっているものを指で導いた。

濡れ溝になすりつけると、ぬるっとすべって、気持ちがいい。

（わたしはついにお義父さまと……）

熱いものが胸に込みあげてくる。

もちろん、これが禁断の行為であることはわかっている。自分は一家の三人の男と肉体関係を持つのだから。しかし、初めて達生に抱かれたときから、こうなることを望んでいたような気がする。

達生はやさしい。日常の細々とした面倒を見ながら、自分がこの人の奥さんのような気もしていた。温かくて大きなものに抱かれて、そのイチモツを受け入れたかった。

沼地になすりつけながら見ると、達生はひさしぶりのせいか、顔をのけぞらせて呻いている。そういうところもかわいく感じてしまう。

濡れた溝にあてがい、ゆっくりと腰を沈めていく。

（ぁあああ、入ってくる……！）

硬くて長いものが体内に押し入ってくる。

「くっ」と奥歯を嚙みしめて、奥まで受け入れた。

（ああ、すごい……）

逞しいものに深々と貫かれ、圧倒的な存在感に少しも動くことができない。

「どうした、大丈夫か？」

達生が心配そうに訊いてくる。

「いいんだぞ。無理しなくても」

達生のその言葉がうれしい。そんな義父を悦ばせたい。

ひさしぶりの挿入行為を、気持ちいいものだと思ってほしい。

沙弥は奥歯を食いしばって、腰を振った。

前後に揺らすだけで、みっちりと埋めつくしているものが体内を押し広げてくる。

先のほうが子宮口を捏ねてくる。

「ぁああ、気持ちいい……お義父さま、気持ちいい……」

「そうか……私も気持ちいいよ。沙弥さんのここはすごく締まりがいいんだね。おおう、締まってくる。うごめきながら、からみついてくる。何か生き物をなかに飼っているのかい？」

「……そんな、恥ずかしいわ。お義父さまの、立派だわ……ぁあああ、すごい……ぁああ、苦しい……」

そう訴えながらも、沙弥は腰を徐々に大きく、激しく打ち振っていた。

硬くて大きなものがぐりぐりと膣の粘膜を押し広げながら、擦ってくる。

気持ちいい。だから、腰が勝手に動く。もっと快楽が欲しくなって、自然に動いてしまう。

「おおぅ、くっ……お手柔らかに願うよ。もう何年もしていないせいか、もぎ取られそうだよ」

「ああ、ゴメンなさい……これでは？」

沙弥は両手を後ろに突いて、身体をのけぞらせるようにして、達生の腹をまたいだ。大きく足をM字に開いて、加減をしながら腰を前後に振る。

すると、達生の肉棹がちょうどGスポットを擦りあげてきて、それが気持ちいい。

「これで、大丈夫ですか？」

「ああ、大丈夫だ。よく見えるよ。沙弥さんの恥毛のなかに、私のおチンチンが吸い込まれていく。おお、ぐりぐりして気持ちいいぞ。おおぅ、たまらん！」

顔を持ちあげて、結合部分を凝視しながら、達生が眉根を寄せる。

「うれしい……ぁああ、お義父さまのすごい。硬くて大きい。ぁああ、擦ってくる。わたしのなかを……ぁああうぅ、恥ずかしい。見ないで。見ないでください……ぁああうぅぅ」

腰をしゃくりあげるようにすると、いっそう勃起が体内で擦れて、快感が高まる。

「いやらしいぞ、沙弥さん。エッチだ。私のおチンチンがズブズブ入っている。沙弥さんのオマ×コに！」

「ぁああ、言わないでください……ぁああ、ああ、恥ずかしい。恥ずかしい……」

そう言いながらも、沙弥は両手を後ろに突いて、腰をしゃくりあげる。どんどんあそこが熱くなっている。

達生が結合部分と顔を交互に見て、目を細めた。

「こっちに……私も動きたくなった」

沙弥は前に身体を倒して、しがみつく。すると、義父は背中と腰を抱き寄せながら、腰を撥ねあげてきた。

逞しいものが斜めに体内を突きあげてきて、それが奥まで刺さってくる。

「あん、あんっ、あんっ……」

喘ぎ声を弾ませていた。

「シーッ……声が大きい！　キスをしてくれ」

達生が言う。

(キスをしたら、声が出なくなるものね)

心のなかで呟いて、沙弥は唇を重ねていく。

義父の唇は乾いていた。歳をとると、唇が乾くのだろうか？　それとも、昂奮で乾いているのか？

沙弥は唇を舐めて、唾液で濡らしていく。

それからキスをする。唇を合わせ、舌を差し出すと、義父の舌がからんでくる。上手だった。きっと若い頃は多くの女性を泣かせてきたに違いない。

舌をからめていると、達生が突きあげてきた。

キスをしながら、ぐいぐいと腰を躍らせて、突き刺してくる。

「ああ、すごい……！」

六十六歳の誕生日を迎えたとは思えないほどに力強い律動だった。大きくて硬いものが、体内を深々とうがってくる。

「んっ……んっ……んんんっ……ぁあうぅ」

キスをしていられなくなって、顔をのけぞらせた。突き刺されるところから、芳烈な快感がひろがってきて、それが一気にふくらんだ。

「ああ、イッちゃう……お義父さま、恥ずかしい。わたし、もう、イッちゃう！」

「いいんだ。イッてごらん……そうら、いいんだぞ」

つづけざまに突きあげられて、ふくらみきった風船がパチンと爆ぜた。

「うあっ……あっ……あっ……」

達生の上で躍りあがっていた。

絶頂のパルスが、頭から突き抜けていく。

身体が震えてしまう。

それが通りすぎたとき、義父が申し訳なさそうに言った。

「悪いね。まだ、出していないんだよ。この歳になると、遅漏《ちろう》でね……まだ、できそうか？」

「はい、もちろん……」

「そうか……じゃあ、バックからしたいんだが……」

うなずいて、沙弥は布団に四つん這いになった。好きな体位だった。後ろから貫かれると、いちばん感じる。

達生が真後ろに張りついて、片方の膝を立てた。硬く丸いものが濡れ溝を擦り、次の瞬間、それが押し入ってきた。

「ぁあうぅ……！」

沙弥は無意識にシーツをつかんで、顔をのけぞらせた。

ズーンとした衝撃が内臓を通り越して、脳天にまで突きあがってくる。

達生が動きだした。

後ろから腰をつかみ寄せて、ぐいぐいと突き刺してくる。力強い。ひと突きされるたびに、内臓が押しあげられる。切っ先が奥の感じるポイントに当たって、圧倒的な快感が流れた。

「あん、あんっ、あんっ……」

「シッー……声を抑えて！」

「……すみません」

沙弥は顔の位置を低くして、肘を突いた。

その横になった腕に口許を押しつけて、声をふさいだ。

「おぅ、すごい……沙弥さんのなかが締まってくる。からみついてくる。動いてるぞ……ぁああ、出そうだ。出そうだよ！」

達生の逼迫《ひっぱく》した声が聞こえる。

「出してください……わたしも、わたしもイキます。また、イッちゃう。恥ずかしい……」

沙弥は言いながら、腰をぐっと後ろに突きだした。

達生が吼えながら、叩きつけてくる。

圧倒的な怒張が突き刺さってきて、その圧力が沙弥をまた頂上へと押しあげようとする。

「ああ、イキます……いいですか？　イッていいですか？」

「おおぅ、いいぞ。私も出すぞ……おおぅ、おおおぅ！」

義父が吼えながら猛烈に叩きつけてきた。

そのパワーが沙弥を頂上へと押しあげていく。

「イク、イク、イッちゃう……ちょうだい、お義父さま……！」

「おおおおぅ……！」

達生が激しく打ち据えてきたとき、沙弥は気が遠くなった。

その瞬間、義父が精液をしぶかせたのがわかった。

「あああ……！」

と低く叫びながら、腰を突きだしている。

震えていた。痙攣しながら、男液を沙弥の体内に向かって放っているのだ。

沙弥も絶頂に達して、がくん、がくんと歓喜のダンスをしている。

やがて、射精を終えた達生ががっくりと覆いかぶさってきた。沙弥も腹這いになって、じっとしている。

しばらくして、達生が離れて、すぐ隣に横になった。

沙弥は義父のほうを向いて横臥する。

ぐったりしていた達生が、沙弥の視線を感じたのか、目を開けて、はにかんだ。

（わたしにはお義父さまがいる。たとえ、靖彦くんがわたしのもとを去っても、お義父さまがいる）

気持ちを込めて、額にキスをすると、義父は腕を伸ばして、ぎゅっと抱きしめてくれた。

（了）

＊本作品はフィクションです。作品内に登場する人名、地名、団体名等は実在のものとは関係ありません。

長編小説
色欲《しきよく》の家《いえ》 義姉《あね》と父《ちち》と僕《ぼく》
霧原一輝《きりはらかずき》

2020年9月4日　初版第一刷発行

ブックデザイン……………………… 橋元浩明(sowhat.Inc.)

発行人……………………………………………後藤明信
発行所……………………………………株式会社竹書房
〒102-0072　東京都千代田区飯田橋2－7－3
電話　03-3264-1576（代表）
03-3234-6301（編集）
http://www.takeshobo.co.jp
印刷・製本……………………………中央精版印刷株式会社

ISBN978-4-8019-2388-1　C0193